U0095110

G

咕
噜
GuRu

Version définitive

DENIER DU RÊVE

Marguerite YOURCENAR

梦中银币

[法] 玛格丽特·尤瑟纳尔 著

赵 飒 —————— 译

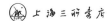

上海三联书店

自序

　　第一版《梦中银币》出版于 1934 年，略短一些。现在这一版远不止是一次简单的重印，也不是一次经过修订并增加了一些篇幅的再版。有几章几乎通篇重写，还有几章大幅扩充；有些地方满是对原版的润色、删节和语序调换，有些地方则保留了 1934 年版中的大段内容。如今呈现的这部小说有将近一半内容是 1958 至 1959 年间改写的，在这次改写中，新版与旧版相互交错，即便是我自己也难以分辨出它们各自从哪里开始，又在哪里结束。

　　小说中的人物，他们的名字、性格、相互之间的关系以及他们所处的背景都保持原样，作品的主要和次要主题、结构、情节片段的起始和（大部分情况中的）结束也毫无改变。小说仍然以半现实主义半象征性的叙事为中心，叙述的是独裁统治第十一年发生在罗马的一次反法西斯暗杀。同前一版一样，一部分悲喜剧人物时而与中心剧情紧密相关，时而完全与之无关，但他们几乎都或多或少地有意受到了所处时代冲突和主旋律的影响，围绕在中心情节里的三四个主人公身边。依旧同第一版《梦中银币》一样，我选择了一些乍看似乎脱离了**喜剧**或曰**现代艺术悲剧**的人物，但目的只是在于强调这些人物最突出、最无法忽视的性格特征，并令人不禁猜想他们身上存在着某种比天性更根本的**神性**。两个版本中的神话或寓言倾向十分相似，都意在将法西斯统治第十一年的罗马同不断上演着人类悲欢离合的城市合二为一。最后，我刻意选用已经在第一版中使用过的老套手法，让一枚硬币在不同人的手中传递，从而把情节串联起来——尽管已经通过相同人物或主题的重复出现或者引入补充主题实现了情节的承接；只不过这枚十里拉硬币在新版中象征的是不同人物之间的一种联系，这些人都以各自的方式沉浸在自己的激情和内在的孤独当中。在改写《梦中银币》的这个过程中，我感觉自己基本上一直在叙述同一件事情，只不过有时换个说法而已。

既然如此，为什么还要进行如此大规模的改写呢？答案很简单。重读这部小说时，我感觉一些篇章过于刻意地简略，过于空泛，过于华丽，过于紧凑或过于松弛，或者有时干脆是写得太差。1959年版相较于1934年版的改动都旨在呈现更加完整、特色也因而更加突出的部分章节，更为深入的心理变化，使一些地方变得简明和清晰，另一些地方——可能的话——变得更加深入和丰富。我试着在一些地方增加现实主义的分量，在另一些地方突出诗歌的比重，不过它们说到底还是，或者说应该是异曲同工。在第一版中，从一个场景到另一个场景的过渡，从悲剧陡然转变成喜剧或者讽刺剧的情况十分常见，在新版中更是如此。除了已经使用的写作手法，如直接或间接叙述、戏剧对话以及抒情咏叹等等，还在极个别地方添加了内心独白。不过这种独白并非像大部分当代小说那样用于展现一个大脑镜像，被动地反映脑中闪过的一幅幅画面和种种感受；它们只是人物的基本反应，甚至单纯是"是"与"否"的交替出现。

这样的例子还有很多，比起读小说的人，它们对写小说的人吸引力更大一些。有些人认为，重拾一部旧作，修改它，特别是重写其中的某些部分，是一种无用甚至有害的举动，这样做会让冲动和热情消失殆尽。我想反驳一下这种观点。正相反，在我看来，能够看到长时间僵滞不变的内容重新变得柔韧起来，把当年我已经记不起在什么情况下完成的想象之旅重温一遍，让这些在我处于其他情形下时写出的小说情节再次出现在我面前，这一切既是一种经历，也是一种特权；即便无法改变这些情节，我也能更加深入地探索它们，更好地解读或者进一步解释它们。我这些年一直保有的思想和情绪，如果能用一种更为长久的人类体验，特别是一种技艺体验来为这些思想和情绪的表达锦上添花，这样的机会在我看来弥足珍贵，必须要怀着喜悦和某种谦卑来接受。

两个版本中完全没有变化、也最不该有变化的，就是小说的政治氛围，因为讲述的故事就发生在法西斯统治第十一年的罗马。这些虚构的事实，包括卡洛·斯特沃的流放和死亡，以及马切拉·阿尔代蒂的暗杀行动，都被安排在 1933 年。在当时，针对法西斯政治制度反对者的特别法已野蛮推行了数年，对独裁者的同类型暗杀行动也已发生了不止一次。此外，这些事情都发生在意大利法西斯入侵埃塞俄比亚之前，参加西班牙内战之前，接近希特勒并迅速攀附于他之前，颁布种族法之前。当然，也发生在第二次世界大战那个混乱、灾难与游击队英勇抵抗并存的年代之前。这一年代的景象在1922年至1933年间便已初现端倪，比1933年的景象更加阴暗，因此二者不能混为一谈。比较妥当的做法是，将马切拉的壮举归为一种几乎只属于她个人并被悲剧性地孤立起来的抗议行为，并在她的思想意识中留下这种无政府主义影响的痕迹——无政府主义此前曾在意大利社会中造成重大的意见分歧；让卡洛·斯特沃的政治理想从表面上看既过时又无关紧要；让法西斯政治制度本身保留它那看似积极和胜利的一面——这种假象在很长一段时间里蒙蔽着外界舆论，而意大利人民本身也许并没有那么买账。《梦中银币》之所以值得再次出版，原因之一在于，它在它所处的时代是最先直面法西斯主义浮夸表面背后隐藏的空洞现实的法语小说之一（甚至可能是第一部）。当时，很多到访意大利的作家只忙着再次惊叹于意大利传统的秀丽风光，或庆幸那里的火车能准点出发（至少理论上如此），却不思考这些火车开往何处。

同作品中的其他主题一样，政治主题也在新版中得到了进一步的强调和展开，程度甚至超过了其他主题。卡洛·斯特沃的经历占了更大的篇幅，不过所有情节都曾在前一版中简短地或者以暗示的形式出现过。政治事件对次要人物的影响也更加突出：对于马切拉的暗杀行动和死亡，评论者不仅包括街角卖花老妇人迪达和外国游客克莱芒·鲁，还有新加入小说的两个次要人物，即咖啡馆的老板娘和独裁者本人，后者身上保留了前一版中那种巨大的阴影形象；政治在酒鬼马里农齐身上的效果也几乎赶上了酒劲。最后，亚历桑德罗和马西莫也都以各自的方式巩固了他们作为证人的角色。

　　政治之恶在新版中占了更大的比重，新版也比旧版更尖刻、更具讽刺性，这两点或许不会有人质疑。不过，当我把新加入的部分当作别人的作品重读一遍时，令我感触最深的是，新版的内容更为辛辣，却又不再那般阴暗；对人类命运的评价少了些犀利，也少了些空泛含混；作品的两大主题——梦境与现实——在新版中不再彼此孤立甚至相互排斥，而是合为一个叫作生活的整体。没有纯粹形式上的修改。人类的故事——如果确实可能的话——比 25 年前我们猜想的那样更悲惨,但是,它也变得更复杂、更精彩,有时更简单,特别是比我 25 年前尝试描绘的样子更离奇——这种感觉或许才是我重写这部作品最重要的原因。

1959 年于荒山岛

为了一场梦而抛弃了生命，
　　那是把生命看成了
　　　一场梦的价值。[1]

——蒙田
《蒙田随笔》第三卷第四章

1 译文引自上海译文出版社 2022 年 1 月出版的《蒙田随笔》，译者为马振骋。

保罗·法里纳是个外乡人，还算年轻，生活比较富足，像常人眼中遵纪守法的好公民那样老实，在他生活的托斯卡纳小镇里颇受欢迎。即便遭遇不幸，也没人瞧不起他。大家一度很同情他，因为他的妻子追随着情人逃到利比亚，追寻幸福生活去了。在那之前，她给保罗·法里纳收拾家务，还要受婆婆的冷嘲热讽，六个月里从没享受过一天幸福。保罗得到这个姑娘后乐昏了头，而这沉重的幸福又将他们分开，他从没想过她会这般痛苦。她大闹一通，当着两个仆人的面羞辱了他，随后离开。直到这时，他才意识到，自己从未得到过她的爱。

不过，邻居们的看法让他放了心：他认为错的是她，因为整个小镇都同情他。人们将安吉奥拉的出逃归罪于她的南方血统——人人都知道她来自西西里。但是，让大家真正感到气愤的是，一个好人家的孩子竟然堕落成这样——她曾有幸在佛罗伦萨的贵妇修道院长大，而在彼得拉桑塔也挺受欢迎的。大家一直认为，保罗·法里纳总体上表现得像个完美的丈夫。他甚至比镇上的人想象得更完美，因为他邂逅了安吉奥拉，帮助了她，还同她成了婚，换了其他谨慎的男人，在当时的情况下是不会轻易娶亲的。他本可以利用这些回忆来加重私奔的妻子忘恩负义的罪过，但是他没有，因为他自己都记不太清了。他努力从记忆中抹去这些过往，主要是出于对年轻妻子的善意，希望她忘记——用他的话说——她的不幸遭遇，其次也是出于对自己的善意，毕竟，要承认妻子是阴错阳差地落入自己怀抱，他心里也不舒服。

她还在的时候，他不温不火地疼爱着她；她走后，就成了能被男人一点就着的尤物。令他感到痛惜的不是失去了妻子，而是妻子从未像个有情人一样爱过他。他并不指望把她找回来；他也很快就放弃了前往的黎波里的荒诞计划——安吉奥拉的情人所在的乐团当时就在那里演出。他甚至不希望她回来：他比谁都清楚，在她眼中，自己永远是一个可笑的丈夫，总是会在晚餐时抱怨面条的火候不够。他在他们华丽招摇的新房子里度过的每个晚上都郁郁寡欢，房子的布置显示出安吉奥拉幼稚而低劣的品位，各种小摆设喧宾夺主，不过这也许正是对她有利的证据，因为这些如善意般脆弱的小物件证明她曾努力对他的生活表现出兴趣，努力通过美化房子的装饰来忘记一家之主的种种不足。她曾经试着用这些粉色的饰带将自己与人妻的本分绑在一起，而保罗在打开家里那些半空的抽屉时，也被这些饰带卷入到回忆之中。

他开始过于频繁地去罗马出差，这样便可以去妻姐家打听她是否有安吉奥拉的消息。不过，首都的魅力也是他出差的原因之一，还有享受肉体欢愉的机会，他在佛罗伦萨没能享受到这种机会，彼得拉桑塔更是根本没有。他转眼间就换上了艳俗的衣服，无意识地模仿着安吉奥拉选中的那个男人。他对慵懒而聒噪的姑娘产生了兴趣，她们充斥着罗马的咖啡馆和散步场所；她们中有些人兴许和安吉奥拉一样，身上也有着成家、外遇和私奔的故事，至少他猜测如此。一天下午，在一座公园里不停喷吐清爽的喷泉旁边，他遇到了丽娜·齐亚里。她不比别的姑娘漂亮，也不比她们年轻：他一直畏畏缩缩，她倒是放得开；她帮他省去了寒暄，甚至省去了最初的动手动脚。他出手吝啬，她也不强求，而这正是因为她太穷了。同安吉奥拉一样，她也在佛罗伦萨的一间修道院长大，只不过不是那种给贵妇预备的机构。她了解当地的各种小道消息，比如哪里建了一座桥，哪个学校发生了火灾，这些都是同一座城市的居民拥有的共同历史见证。他在她的说话声中听到了佛罗伦萨姑娘们那种沙哑的温柔。再者，所有女人的身体都差不多，或许灵魂也差不多，所以在熄了灯之后，丽娜说话时，他便忘了丽娜不是安吉奥拉，忘了他的安吉奥拉从没爱过他。

爱情是买不来的：卖身的女人只是把身体租给男人。但梦是可以买来的：这种看不见摸不着的东西可以以多种形式出售。保罗·法里纳每个礼拜给丽娜的那一点点钱，购买的就是一种一厢情愿的幻想，这也许是世上唯一不会骗人的东西。

丽娜感到疲惫，倚在墙上，用手扶着额头。她的住处离市中心很远。公交车的颠簸令她很不好受，她后悔没有叫辆出租车。不过，她这一天本来就决定要省钱的：本月的第一周已经过去，她还没交房租。尽管春末的罗马已十分炎热，她仍然穿着一件冬季的毛领大衣，领子已经磨秃了好几处。最近从药剂师那里买的镇痛药也没付钱，而且药效甚微，她还是睡不着。

还没到三点钟。她走在大道背阴的一侧，街两旁的商店正陆续重新开门。几个路人尚未从午餐和午睡中清醒过来，懒洋洋地走在回办公室或者柜台前的路上。丽娜没有引起他们的注意。她走得很快。对于一个女人来说，能否成功在街上拉客，取决于她走得有多慢以及妆容的状态，因为在面庞或者身体作出的所有承诺中，最有说服力的一个就是表现出能随时接客的样子。她认为，去见医生的话，还是不化妆为好；再说，现在的她比平时脸色更差，她正想借此说服自己这只是因为没涂口红。

她很不想去看医生，犹豫了好几个月，一直在试图否认自己的病痛。她没对任何人说过；似乎只要瞒得住，病情就显得没那么严重。夜惊的症状总让她半夜醒来，就在她的身体已被敌人围困住、刚好让她无法逃脱时醒来。就像中世纪那些被围困住的城民，突然面临死亡时便在床上辗转反侧、尝试入睡，努力说服自己那些威胁生命的火焰只在噩梦中出现一样，她也通过麻醉类药物让睡眠挡在夜惊和现实之间。然而，这些被她滥用的药物也接连失去了作用。于是，她开始以玩笑的方式腼腆地向几个偶然结交的朋友提起自己失眠和暴瘦的情况——不过她自称为暴瘦感到高兴，因为这样她看上去便更像法国时尚杂志上那些优雅的模特了。她将自己的病痛说成是小小的不适，这样一来，男客人便不必费心安慰她，可她又恼怒于他们粗心到没有发现她在说谎。

她已经注意到身体上出现了可见的病变，但总体来说还不算太明显，最多也就是乳房疲惫的褶皱下隐藏的一个小肿块。丽娜仍然绝口不提，只是担心客人会摸到肿块，因此尽量坚持不脱掉衬衣；由于身体可能面临着死亡的威胁，她重新变得腼腆起来。然而，她的沉默越来越久，越来越坚定，越来越沉重，仿佛这沉默也是一颗逐渐侵蚀着她的恶性肿瘤。她之所以最终决定去看医生，或许比起治好病来，更是为了无拘无束地谈论自己的问题。她的朋友马西莫是唯一一个让她倾吐了一半心声的人，他认识罗马所有的人，至少知道他们的名字。马西莫建议她去找萨尔泰医生，甚至能安排一个中间人把她介绍给这位医坛新秀。一周前，在一间酒吧里面，丽娜·齐亚里打电话预约了一次问诊；她仔细地把地址和时间记在一张小纸片上，这张纸立刻成了她放在包里的一个护身符，或者说一个圣牌。她很勇敢，因为作为一个输家，她已几乎不抱任何希望，哪怕只是不想太快放弃的希望；她也很满足，能够将自己托付给一个知名人物。于是她准时来到亚历桑德罗·萨尔泰教授的门前，这位原外科诊所所长、内科疾病专家，每周二、周四和周五的三点至六点接诊，夏季除外。

出于谦卑，她没有乘坐电梯（本来她也不太信任这种机器），而是顺着楼梯间里镶着白色大理石板的台阶走了上去。楼梯井里十分阴冷，为她身上的旧大衣提供了存在的理由。到了二楼，她停在一块写着医生名字的牌子前面。她轻轻地按下门铃，面对这座气派的老房子有些局促，因为它让她想起了佛罗伦萨一位贵妇慈善家的宅邸，她每年都会被派到那里，手持一束鲜花，去祝贺那位贵妇的圣名瞻礼日。一位护士过来打开了门。她和那位佛罗伦萨老贵妇的护工没什么两样，身上穿着工作服，脸上带着某种职业性的亲切。装潢别致的候诊室里已经有不少人了，百叶窗把阳光挡在外面，以免壁纸被晒得褪了色。一个上了年纪的男人第一个走进诊室，他认出了丽娜，丽娜也只能回以微笑；接着是一位老妇人，关于她，唯一可说的是她年纪已经很大了；之后是一位带着孩子的妇女。这些人刚一走进去，身后的门马上就关上了。他们后来很可能死掉了，因为再也没人看到过他们。丽娜发现，在这些病人中，有几位几乎和她穿得一样寒酸，于是她也就不担心医生的收费会太高了。然而，她有些恼怒于自己没有像最初计划好的那样，先去找那位曾帮她处理过一次"恋爱事故"[1]的小医生。和佛罗伦萨周边村庄的普通老百姓一

---

1 此处应指流产。——译者注（以下如无特殊说明均为译者注）

样，她也在发生危险时转投了其他保护神。

亚历桑德罗·萨尔泰医生坐在堆满资料卡的办公桌前。只能看到他的头、穿着白衣的上半身和如同擦得锃光瓦亮的工具一般放在桌上的双手。他姣好但略带皱纹的面容让丽娜想起她见过的那几十个相似的面孔：她先是在路上注意到他们，可即便是在随后更亲密的接触过程中，这些面孔对她来说也不过是日后不会再见的路人脸。不过，萨尔泰医生只光顾那些更高级别的援交女郎。在解释病情的时候，丽娜再一次刻意淡化她的忧虑，用一些毫无意义的句子拉长自己的描述，就像一个病人一边没完没了地揭着伤口，一边告诉医生，自己前来只是出于谨慎甚至是出于过度担心，口吻轻松，里面还带着一丝勇气，并暗自希望医生不要拆穿她。接着，就像一个听厌了一夜情对象的喋喋不休，只想赶紧进入赤裸正题的男人一样，萨尔泰医生说道：

"脱掉衣服吧。"

她对这几个从爱情借用到外科领域的字似乎并不感到熟悉。丽娜的手徒劳地在裙子的搭扣上磨蹭了一阵子，医生觉得应该再从自己的医疗激励话术中找出几句补充一下，而这几句话，丽娜只在很久以前听自己的第一个男人说过：

"别怕，我不会弄疼你的。"

他把她带进一个有玻璃窗的房间里。房间因明亮而清冷，连阳光都显得十分无情。这双清洗过的大手不带任何色情意味地触摸着她的身体，她甚至不用假装就微微颤抖起来。她眯着眼睛，被医生安置在比她身体没大多少的皮沙发里，观察着医生那对因为距离很近而大得吓人的瞳孔，只是这目光没有流露出任何情绪。医生没有说出她害怕听到的那个词，只是责怪她没有早点检查身体。这突如其来的宽慰让她意识到，从某种意义上来说，她已经没什么好担心的了，因为，在她所有的恐惧中，最可怕的那一个也已经离她很远了。

医生让她在屏风后面整理衣服。她拉起真丝衬衣的带子时，观察了一会儿自己的胸部，就像少女时期那样，很多女孩在那段时期都会欣赏着自己的身体缓慢走向完美的状态。然而，今天发生的则是一次更可怕的成熟。她想起了一段很久以前的往事：夏令营；阿诺河口的沙滩；在悬崖峭壁脚下的浴场里，一只章鱼紧紧吸住了她的身体。她尖叫，奔跑，身上挂着这丑陋的活累赘。人们直到把她弄出血才最终扯下这只章鱼。随后的一生里，她一直保留着对这些贪得无厌的触手、出血以及那声把她自己都吓到了的尖叫的记忆，然而，现在即便尖叫也无益，因为她知道这一次不会再有人来救她了。医生打电话为她预约综合诊所的床位时，她那抽动着的灰色面庞上开始滚下泪水，或许是来自童年的泪水。

将近四点半，医生的门再次打开，护士把丽娜·齐亚里送进电梯。医生对她充满了和善，之前还给她倒了一杯波尔图甜葡萄酒——他总在诊所为失去勇气的病人备上一瓶。他安排好了一切；她只需下周前往综合诊所，他平时在那里免费为穷人做手术。听他的描述，似乎痊愈或者死亡都是再简单不过的事情。电梯径直往下走了三层。丽娜始终坐在电梯里的红丝绒长凳上，双手抱着头。然而，在绝望深处，她尝到了一丝安慰：她告诉自己，不用再为筹钱而头疼，不用再做饭或者洗衣服，今后唯一要做的，就只剩受罪了。

她又回到了满是喧嚣和尘土的大道上，卖报的小贩吆喝着一宗大案。一辆停在人行道旁的出租车让她想起了自己的父亲：他曾是佛罗伦萨的出租马车车夫，有两匹马，一匹叫小俊，另一匹叫小宝。她的母亲照顾它们比照顾自己的孩子还要细心。小宝后来病了，不得不被扑杀。她走过一块公告板，上面写着当晚国家元首要发表一段讲话，而她并未留意去看；她只是习惯性地停在了世界电影院的一张海报前：本周要上映一部冒险类巨制，主演是无与伦比的安吉奥拉·菲戴斯。在一间白色织品商店门前，她寻思着得为住院买几件她在上学时穿的那种布衫；毕竟，穿着粉色真丝衬衣住院总不太得体。她想回到家去，把发生的一切都告诉女房东，可后者早就知道她生了病，到时怕是只会一心催缴房租。保罗·法里纳周一会在固定时间过来，但是用自己生病的事给他添堵也毫无益处。她想找一间咖啡馆，给自己的知心朋友马西莫打个电话，可马西莫从不希望被别人打扰：马西莫的生活比她还要复杂；他只在日子不好过的时候才会来找丽娜，寻求安慰。二人的角色是不能对调的：这种温柔的同情，正是马西莫期望从女人们那里得到的。丽娜也努力让自己相信这样更好：如果马西莫真的爱上她，她会更舍不得死去。她对现在这个没人可怜、还剩下六天可活的丽娜产生了一种像一阵阵剧烈的头痛一般尖锐的同情。即便挺过了手术，她仍然只剩下六天可活。医生刚刚告诉她，必须要切掉她的一侧乳房；而残缺不全的乳房只在雕像身上才能被人欣赏，被那些来梵蒂冈博物馆参观的游客欣赏。

此刻，在她穿过一条小巷时，从对面的香水店的玻璃窗中看到了一个向她迎面走来的女人。这个女人已不算年轻，一双大眼睛里写满了疲倦，甚至都懒得在萎靡的面孔上摆出假笑。这样一个女人，平庸得与丽娜在夜晚拥挤的散步人群中遇到并无视的其他女人别无二致，丽娜从她穿旧的衣服上认出那其实是她自己。她对这身衣服就像对自己的身体一样，有着一种官能性的认知：她了解上面最细小的破口、最不起眼的污迹，就像一个病人了解自己身体上每一处有危险的部位一样。包括她那双因走路太多而被撑到变形的鞋子，某一天在时新服饰用品店打折时买的大衣，还有那顶优雅到惹眼的新帽子——这顶帽子是马西莫有一次发了一笔来路不明的小财后坚持送给她的，他总是喜欢在这种时候给她买一大堆礼物。然而，她没有认出镜子里的那张脸。她看到的并不是属于过去的丽娜·齐亚里的脸，而是未来的丽娜的脸：可怜的她将被脱得一干二净，进入医院里纤尘不染、消过毒、充满福尔马林和氯仿的区域，这些区域就相当于生与死之间冰冷的分界线。她几乎是职业性地打开包，在里面翻找口红：包里只有一块手帕，一把钥匙，一只装饰着四叶草的漏了粉的小小粉盒，几张皱巴巴的零钱纸币，还有一枚十里拉的银币，是保罗·法里纳昨晚给她的，这个男人期待用银币上崭新的纹路来弥补自己出手的寒酸。她意识到自己把口红落在了医生的候诊室里；再回去找已经不可能了。但口红是她的必需品，不得不再买一支。于是她走进了香水店，老板朱里奥·罗维西赶忙上前服务。

再出来时，她手中就有了一支口红，还有一个法国厂家免费赠送的胭脂小样。她没让人把它们包起来：她呼出的气模糊了面前的玻璃，玻璃中倒映出她身后罗马夜晚的模样，而她对着玻璃化起了妆。苍白的两颊重新红润起来；嘴唇也有了血色，令人联想到暗藏的肉欲和健康乳房的娇艳欲滴。她的牙齿对比之下也变白了不少，在唇间闪耀着柔和的光。现在这个充满活力的丽娜赶走了未来那个丽娜的鬼影。她会在今晚约见马西莫；这个漫不经心、自私又渴望爱抚的男孩总是在人稍一提起肉体疼痛时便心情黯淡，然而今晚他会被她刚刚借助胭脂假扮出的好气色所蒙蔽，不会发现她的痛苦。他会再一次坐到她的对面，把香烟和书放在咖啡桌上；他会像往常一样抱怨生活，尤其是抱怨他自己；她会试着安慰他，也借此让自己安静下来。她也许还能成功接到几位客人；也许会有人邀请她去一间还算精致的餐厅，她总是把自己最惹眼的裙子留到这种时候穿；到了夜里，如果站得远一些，在灯光下，她的朋友们不会注意到她身上发生了很大变化，也就无法以同情她来取乐了。就连矮胖的保罗·法里纳也好像忽然没有平时那么臃肿了，仿佛在这个生病的女人眼中，光是他健康敦实的样子就足以给她一种安全感的幻觉。一切在她眼中都不再那么阴郁了，因为她自己的脸色已经不再使她感到害怕。这张她刚刚画好的容光焕发的面具挡住了她的视野，她便无法再看到不久前还感觉自己正在滑向的深渊。六天后的生活，她不愿去想，而这六天许给她足够的快乐，甚至让她怀疑面前的不幸是否存在，这不幸反过来又提高了她悲惨一生的价值。

　　一抹假笑如同最后一笔妆容般提亮了她的脸色。这假笑如此用力，以至于渐渐变得真诚：她因看到自己的微笑而微笑起来。她不在乎这匆忙涂上的口红是否掩饰住了惨白的脸颊，不在乎这脸颊只是骨架上的一层面皮，而这骨架也没比一个女人的青春持久多少；她也不在乎自己这把骨头必将化为灰烬，只留下人类灵魂几乎一直呈现出的虚无模样。这一层薄薄的胭脂，与将她从恐惧中拯救出来的错觉，一同阻止丽娜·齐亚里继续绝望下去。

朱里奥·罗维西锁上了钱柜的抽屉，最后看了一眼昏暗的店铺，里面的几只瓶子反射着夕阳的余晖。他松开门把手，拉下卷帘门。尽管夜晚的扬尘对他的哮喘不利，他仍然在墙上靠了一会，嗅着黄昏的味道。

朱里奥·罗维西在大道上卖香水、乳霜和梳妆工具已有三十个年头了。在这三十年里，世界和罗马都发生了很大的变化。曾经稀少的车辆能把货架上易碎的商品震得叮当乱响，如今它们成倍增加，使道路显得更为狭窄；昔日围了一圈彩绘护板的商店门面，如今已镶嵌上了大理石板，总让人联想到公墓里的石碑；香水越来越贵，最后竟价比黄金；瓶子的形状不是越来越新奇，就是越来越纯粹；朱里奥也变老了。女人原先身着长裙，后来变成短裙；她们倚在他的柜台上，头上的帽子要么大如光环，要么小如头盔。他年轻时，这些女人的笑声，以及她们搅动着抽屉里粉扑绒毛的白手指，都令他感到窘迫，还有她们不时在镜子和别人面前的搔首弄姿——就像女演员在镜头前重复来重复去的那些动作。等到年龄大一些，他变得善于察言观色，会上下打量一番这些心意难猜的小东西：根据他的猜测，有些傲慢的女人只是想通过胭脂为自己再增添一分傲慢；恋爱中的女人通过化妆来留住某个人；害羞或者丑陋的女人用软膏来遮住自己的脸庞；还有一些女人，就比如刚才买了一支口红的那位，她们只拿肉欲当成一种职业——像所有职业一样枯燥乏味。在这三十年里，他点头哈腰地售卖化妆品，成功存下了足够的钱，在海边的奥斯提阿建起了一座别墅，并一直对自己的妻子朱塞帕忠心耿耿。

这天晚上，朱里奥比往常提早闭店，因为还要在城里买些生活用品。他漫不经心地回应着隔壁正从橱窗里观察马路的帽子店老板的招呼，继续低着头向前走，沉浸在悲伤中，而这悲伤实在无甚特别，可能都无法打动任何人。老朱里奥努力相信，他的运气值得众人羡慕，他的妻子也是个好妻子；然而，他又不得不承认，他的生意濒临破产，妻子朱塞帕也让他痛苦不堪。为了让她幸福，他已经尽了全力：他忍受了她的兄弟姐妹们带着疾病和孩子来他家久住不走；他为这些人倾尽家财，可到头来她又责怪他帮助他们。无论是妻子难产，还是蜜月期间的巴黎雨下个不停，这些事情他都无能为力。他去打了四年仗，这也没什么稀奇的。在此期间，朱塞帕帮他照看生意，遇到了一个银行的副行长。据她说，是这位副行长向她献殷勤，而他的身份自然也比朱里奥高了不少，身上佩戴着勋章，还有一辆汽车。她拒绝了他，因为她是个正派的女人，可这一切说到底也不是朱里奥的责任。老朱里奥以社会秩序为尊：目前的政治制度能确保大街上的安全，而由此带来的种种不便，他一直隐忍；同样，他每年都缴纳橱窗玻璃破碎险，从没有二话。女儿乔瓦娜和那个卡洛·斯特沃的婚事他一直不太同意，斯特沃刚刚因煽动性宣传被特别法庭判处了五年流放。新法典十分严苛，法国产品关税越来越高，妻子无理取闹，瓦娜[1]守着活寡，可怜的孙女遭受髋关节结核病这样不公的命运，这一切倒没有让朱里奥成为世上最不幸的

---

1 乔瓦娜的昵称。

人——敢把这种头衔揽在自己身上着实太不谦虚了——而是让他成了一个和其他人一样操心的可怜人。

不，朱里奥并不急着赶回奥斯提阿的房子去。每个夜晚，透过薄薄的隔墙，他都能听到孤独的乔瓦娜哭泣的声音。对幼女的担忧是唯一让瓦娜还没有跌入绝望深渊的事情；朱里奥甚至想感谢老天赐予她这样的悲伤，暂时让她无暇他顾。说实话，独裁者的演说今晚给了他在城里逗留的好借口，不过，除了站在人群中听着冗长的雄辩有些累人之外，对于像他这样被迫与嫌疑人和罪犯走得很近的人来说，听着对政府敌人的怒斥也算不上纯粹的享受。至于利用这个借口买个冰淇淋，在罗马的一间咖啡馆里度过安静的一晚，这位精打细算又深居简出的老人更是想都不会想。还不如过一会儿就回到自己那栋被朱塞帕魁梧的身材和缝纫机的噪音填满的小房子里去，听她再一次抱怨黑线质量差到一文不值，抱怨换来的扣子还是太贵。朱塞帕的性格一天天变差；对于这个上了年纪，身材臃肿又为风湿所累的女人来说，既要勉勉强强地照顾娇弱的小米米，又要操持家务，还要想办法取悦可怜的乔瓦娜，这种日子实在是太痛苦了。

　　他还曾妄想过，妻子的狂躁会随着年龄增长而逐渐平复；相反，朱塞帕变老后，身上的缺点同她的手臂和腰身一样惊人地肿大起来；仗着这三十年亲密的婚姻生活，她甚至丝毫不掩饰这些性格缺点，也不掩饰身材上的缺陷：他不得不忍受朱塞帕的嫉妒，就像忍受她那双总是潮乎乎的手一样。他已经六十岁了，油腻的皮肤泛着光，仿佛是常年浸泡在他售卖的发蜡和发油中的缘故；她则完全创造出了一个少女情人版的朱里奥，比真实的朱里奥对她更具吸引力，以此来折磨自己。她前一天刚刚在狭小的店铺里大闹了一场，随便一个稍有些突然的动作都让香水瓶子摇摇欲坠；她逼他解雇了新的售货员，一位值得同情的英国姑娘——他雇用她纯粹是出于善心，想让她在人多时搭把手。琼斯小姐目前在罗马没有任何收入来源；她靠教几节口语课挣的钱并不足以维生。朱里奥叹了口气，被妻子的猜忌伤了自尊，却忘记自己也没少盯着琼斯小姐纤长的双腿看。与每晚在餐桌上长吁短叹的公开不幸不同，动人的英国姑娘的离去，是属于他自己的小小情殇。

朱里奥·罗维西满怀敬意地推开一扇随着时间流逝被摸得油光锃亮的软皮门，进入了一间地区小教堂。他像其他人去咖啡馆或者经常出入酒吧一样，每晚都来到这里享受一小口上帝的琼浆。即便面对与信仰有关的事情，他这位规规矩矩的中产人士也会满足于小小一杯酒。上帝的旨意是对朱里奥苦难的解释，也是他缺乏勇气的借口；而上帝似乎就在金光闪闪的祭台上，好让无数不幸的路人来到这里抱怨他们的苦痛，并在这里找到慰藉。向所有人敞开胸怀的上帝甚至允许人们无拘无束。天主不作任何强求：人们可以选择保持站立或者抱着大包小包坐在椅子上；一边散步一边漫不经心地看着一幅已经变黑的画作——应该是出自大师之手，因为不时有外国人给看守人塞几个小钱，让他指给他们看；或者跪下祈祷。朱里奥这个连烦恼都毫无个性可言的人甚至可以通过夸大自己的沮丧来欺骗上帝，或者相信上帝的仁慈，以此来敷衍地奉承祂。看不见的交谈者不屑于揭穿他的谎言；这个身着米色套装的胖男人每次都想方设法经过靠在教堂支柱上表情沮丧的玛达肋纳大理石像，就为了忧伤地轻抚一下石像光着的那只脚，而玛达肋纳也没有任何不悦。神甫、管风琴师、穿着红色制服的圣器管理人以及小圣玛丽教堂门廊下的乞丐，所有人都对这位晚间的常客肃然以待。而这里也是朱塞帕唯一惮于放肆的地方。

蜡烛小贩罗萨莉亚·迪·克雷多悄悄地从自己的货摊后面站起身，穿过一排椅子走向朱里奥，用那种病房、剧院和教堂里规定的音量谨慎地低语：

"罗维西先生，"她打听道，"您家的小姑娘怎么样了？"

"好一些了，"朱里奥·罗维西不太肯定地轻声答道，"但是新大夫也说，还需要时间和漫长的治疗过程。这对她可怜的母亲尤其是个打击。"

正相反，朱里奥的真实想法是，让瓦娜忙于照顾孩子，对她来说是件好事。虽然是这样想的，可这位老人尚没有足够的决心说出自己这句心里话。实际上，病人没有比往常更好，也没有更坏。朱里奥甚至怀疑她是否还能彻底痊愈。然而，承认这一疑虑又是一种有悖于希望的罪孽。老实回答的话，一是显得不尊重面前这位仁慈的老姑娘，二是会冒失地让这种有教养的人之间礼貌性的简单交谈变得复杂起来。

"可怜的宝贝儿!"罗萨莉亚·迪·克雷多感慨道。

"耐心,"朱里奥谦恭地说,"要耐心!"

罗萨莉亚又把声音降低了一些,倒不是像刚才那样出于礼仪,而是似乎真的不想让其他人听到:

"话说回来,那个人没能及时出发去洛桑,这对您可怜的女儿来说还是挺不幸的!"

"那个蠢货",朱里奥差点说出一句虽然有冒犯性,但只会证明他与上帝亲密无间的脏话。"我一直觉得卡洛这家伙不会有好结局……我早就跟他说过……"

事实上,他几乎没有机会跟瓦娜的丈夫说话,因为后者很早便不再拜访自己这位岳父了。然而,朱里奥之所以表现出训斥这位不幸的名人的样子,并非出于虚荣,而是出于担心,因为他想洗脱自己曾经认可过他的嫌疑。罪犯必然是危险人物,因此还要给他对卡洛的记忆增添一抹恐惧——卡洛·斯特沃肯定是个罪犯,因为他是被判了刑的人。

"我一直很讨厌他。"他说道。

这是假话。他一开始对待卡洛·斯特沃的态度是我们人类最不缺的一种感觉，那就是冷漠，毕竟，我们对二十亿人都是这种感觉。后来，也就是将近十年前（真是光阴似箭啊！），朱塞帕通过信件往来把奥斯提阿的房子里一个带家具的房间租给他，朱里奥那时还买了这位穷苦作家的书，并且故意夸大这位房客的知名度和他的租金。最后，当卡洛·斯特沃提着他单薄的行李箱，出现在他家门前时，他那病恹恹的身体没能体现出他是个著作等身、满载荣誉的人物。这个三十来岁的男人有些弯腰驼背，在他们眼中，就名声来看，他显得太年轻；就面相来看，他又显得太老气。罗维西一家对这位房客的评价中带着一丝怜悯，也可以说鄙视。这种怜悯，这种鄙视，在卡洛·斯特沃罹患那场差点以为会害死自己的肺炎期间，达到了顶峰；他们与房客之间的关系此时也出现了一抹亲切：这个才华横溢却不知被什么东西燃尽心力的男人，对于他们来说，只是一个病人，需要他们尽力去照顾。而另外一颗心却燃起了火苗：瓦娜的心。这便是少女之爱的传播之力：罗维西一家最终以瓦娜的目光去看待他，以瓦娜的心去爱他。成为这家人的女婿后，他在他们身上激发出的感觉，是骄傲，因为彼时的他们把他视作自己家的东西。他们很少再能见到女儿，但也不抱怨；他们的瓦娜住在罗马帕里奥利区的一间全新的公寓里，他们也在生病的孩子身上花了不少钱，而他们为此沾沾自喜。后来，关于卡洛·斯特沃政治往来的一些令人担忧的传闻散播开来；他们的瓦娜自称被他抛弃，反正很不幸就是了，回老两口家暂住的时间也越来越长，最后干脆带着生病的女儿彻底逃了回来。他们摇了摇头，说他们错在不该高攀，但也对在没有轻信一个思维与众不同的文人。现在这位卡洛不过是某个地方的一串数字[1]，重新变得不那么真实，像幽灵一样令他们坐卧不安。

"那……"罗萨莉亚·迪·克雷多问道，"他们有没有告诉您……他在哪？"

"说了，"朱里奥说道，"在一座岛上。我不太清楚具体位置。在西西里岛附近。"

"西西里岛啊……"罗萨莉亚·迪·克雷多轻声重复。

可以看出，这个地名唤醒了她身上的一些情绪，比

---

1 指囚犯的编号。

起别人的不幸所引发的轻度关注来，这些情绪要更隐秘，或许也更痛苦。在这些索然无味的礼貌性同情和空泛的怜悯中，陡然加入了对失去的快乐的心碎回忆。如果朱里奥没有被自身痛苦的嘶鸣震聋了耳朵，他便能从这简单的一句重复中发现罗萨莉亚身上被幸福放逐其外的影子。

"如果可怜的瓦娜能更理智一些，"他说道，"也就没什么大事了。我妻子每天夜里都要起床和她一起祈祷，给她喝热牛奶，给她盖好被子。总之啊，就是要想办法让她平静下来。这一切都是因为那位先生搞了政治，现在又在一个小岛上苦等自由。你说奇不奇怪，遭殃的总是无辜的人。我们连觉都睡不成了。"

无辜的人，指的是他，被搅了睡眠的朱里奥。对失眠的担心忽然让他这张古典喜剧中的奴隶面具上起了皱纹，而讽刺的是，这张面具同普罗米修斯的命运联系到了一起[1]。

---

1 暗指朱里奥对卡洛·斯特沃的冷嘲热讽。古希腊喜剧中，奴隶这一角色的作用通常是讽刺和嘲笑。此处的普罗米修斯比喻的正是卡洛·斯特沃，因为后文中提到他敢于攻击国家元首，就如同盗取火种、触怒宙斯的普罗米修斯。

"敢抨击这么大的人物，"他继续说道，声音依旧很小，语气却完全像是那些懂得如何表达高尚和肯定情感的人，"一个没人敢冒险反驳的人物。"

"还是一个无论做什么都能成功的人物……我一想到把瓦娜嫁给了一个本以为有教养的人……"

罗萨莉亚·迪·克雷多叹了口气；这声叹息或许只与她自己的痛苦有关：

"啊，圣母啊！"

出于个人利益的考虑和一段人生往事引发的虔诚情感——这种情感仍然支配着她在自己的蜡烛摊上做出木偶般的机械动作，她说道：

"罗维西先生，如果您为圣母点上一根蜡烛，她也许会帮您的：她可是大圣人啊！"

"圣母啊！"朱里奥低声说道。

他并不知道，这个词将圣母玛利亚同人类一直祈求的古代仁慈女神联系在了一起[1]。之后他便不再作声。他们头上的管风琴刚刚发出了刺耳的声音，这喊声过于突

---

1 朱里奥口中的圣母（la Bonne Mère）和古代仁慈女神（les antiques Bonnes Déesses）中都有 Bonne 一词。

然，以至于不太像是一场吟唱的开始。第二个和弦解释清了第一个；一连串确切的问题和明晰的回答就此开启，没有人理解个中含义，除了上面那位盲人管风琴师，不过这音律确实十分美妙。一个数学和纯粹的世界就此打造出来，被音管和风箱转变成了音波。这段前奏甚至盖过了罗马大街上公共汽车和出租车震耳欲聋的轰鸣，如果没有音乐声，人们的耳中将仍然充斥着这些噪音，除非对此太过熟悉以致充耳不闻。附属的小教堂里进行着降福仪式，一个外国人心不在焉地加入仪式，他是被卡拉瓦乔的一幅著名壁画吸引过来的；参加仪式的还有几个女人，其中一个穿着一身旅行的装束。朱里奥·罗维西甚至都没想到去仔细辨认一下，此人正是曾撩动他心弦的英国姑娘。十几名信徒总也追不上神甫清晰的诵读，随后唱诵出连祷文，却根本没想理解其中的含义，只是忙于完成这种用噪音来行的持续跪拜礼。只有那些没有祈祷的人反而在用心倾听，不时地让某个词组、某个只有在教堂里才能听到的奇特修饰语，在他们身上引起某种反响，证实他们的某个想法，延续或者唤醒某段回忆的涟漪。

"黄金之殿……[1]"

罗萨莉亚·迪·克雷多不由得想起了西西里的一座
房子。

"殉道者的女王……"

一个年轻女人走进来躲避暴雨，她掀起脖子上的披
肩，平整了一下上面的褶皱，又把披肩叠在了胸前，用
这块黑布盖住那个危险的东西。这东西外面还包着一张
棕色的纸，它今晚可能会改变一国民众的命运。

"……希望水汽……反正，"她心想，"军械师那边
没什么好担心的，他是党的成员。有时候，成功的概
率……比我们想象得高，如果能坚持到底，不给自己留
退路的话……幸好我在莱焦蒙特跟亚历桑德罗学过射
击……阳台还是门口？……如果在阳台前面的人群里，
会不太容易抬起手臂。但是门口会被盯得更紧……最好
有替代的办法：那就是到时候再选……总之，或许还是
选择波各赛公园更明智一些……想办法站在驰道[2]附近，

---

1 此处及后文几处均摘自《圣母德叙祷文》，用于赞颂圣母。
2 指骑兵专用的道路。

和一个孩子一起……不，不，别胡思乱想了……我很快就要死了，这是唯一确定的事情。他们在说什么？天后……*REGINA CŒLI*[1]：这是一座监狱的名字……明天是不是在那里……上帝，让我马上死去吧。让我死得其所。让我的手不再颤抖，让他死掉……嗳，真有意思，我竟然不知不觉祈祷上了。"

"象牙宝塔……"

老画家克莱芒·鲁那双因心脏病而肿胀的双手垂在两膝之间，他低下头，倾听着这些词语螺旋般飘荡，缓缓沉入他的身体，最终被一段回忆挡住了去路。金黄色的、光滑而赤裸的身体……那一晚，沙滩上的那个女孩，是否已经是将近二十年前的事情了？象牙宝塔……这世上还有比一具年轻的身体更能令人联想到建筑学的表达吗？

"神秘的玫瑰……非凡的花瓶……"

朱里奥刚刚想起，自己忘记去大道上的药店为米米取药了。他没有认真听，不过，"大器"对他来说终归也

---

1 拉丁语，意为"天后"。

只是一个祝圣用语，和他那些昂贵并有着博人眼球的名字的香水毫无关系，而且在他那个年代，合成香水早已代替玫瑰香料了。

"病人的痊愈……"

这倒没错：圣母有时候也能让病人痊愈。特别是在伦敦。可伦敦很远，去一趟花费不菲。他们没少祈祷，但圣母还是没有治好米米。不过，或许是祈祷得还不够呢……

"忧苦的安慰……童贞的女王……"

琼斯小姐又回到小圣玛丽教堂，打算在出发前再听听音乐。她低下头：她认出了朱里奥·罗维西，但是不希望自己被他看到。一想起这位商人的妻子粗鄙地跟她大吵大闹的一幕，她不禁浑身一颤。商人本人虽然平庸，但也算个体面人，她同意在他店里帮几天忙，工资却低得可怜（因为她没有工作许可），在此期间，她一直在等着公证员把微薄的年金汇给她。这趟意大利之旅实属疯狂：她真不该接受一位热情的同胞介绍给她的互惠工作[1]，这位同胞曾努力尝试在西西里岛一个风景如画的角

---

1 指为雇主提供一些家庭服务，以换取免费食宿的工作。

落为英国游客建立起一处寄宿公寓，却徒劳无功。她也不该放任对方直接解雇了她，却没有补偿她的开支。她刚从英国那边收到的几英镑刚好够她支付回程的费用。今天，她好好取悦了自己一番：她在西班牙广场上的一间英国茶室吃了午饭，跟团参观了圣彼得大教堂的内部，买了一块圣牌，打算送给自己的朋友格拉迪斯，她是爱尔兰人。晚上，她要在电影院打发火车出发前的时间。出于模仿的心态，她下意识地将双手握在一起，对这种陌生宗教中的仪式既感到局促不安，又为它所吸引。她内心向天主祈求，回到伦敦后还能重拾之前那份秘书的工作。无论人在哪里，祈祷一下总有好处。

ORAPRONOBIS[1]··· ORAPRONOBIS··· ORAPRONOBIS···

这三个拉丁语词彼此连接在一起，不再属于任何一种语言，也不再遵循任何一种语法。它们只是一句被人默念的咒语，一种呻吟，一种对某个不特定之人的含糊

---

1 ORAPRONOBIS 在拉丁语中应分开写为 ORA PRO NOBIS，意为"为我们祈祷"。

不清的召唤。"弱者的精神鸦片,"马切拉不屑地想,"卡洛说得对。他们被灌输一切权力都是天赋。他们中没有一个人能说出个'不'字来。"

"真美啊",琼斯小姐自言自语道,眼前蒙上了感动而纯粹的泪水。"真可惜,我不是天主教徒……"

祈祷得还不够……朱里奥·罗维西向贴着标签的格子俯下身去,挑了五支蜡烛。它们既不算太细,因为那样会显得他吝啬;也不算太粗,因为有炫富的嫌疑。五支蜡烛,换来了罗萨莉亚·迪·克雷多同情的注视,似乎在温柔地责怪他宠坏了圣母。一支给米米,一支给瓦娜,一支给卡洛,还需要一支来祈求上天让朱塞帕少折磨他一些。最后(这一支倒不完全和家庭有关),还有一支给惹人怜爱的琼斯小姐。

朱里奥生活在一个由简单概念组成的世界里,在他看来,一支仪式烛只不过是一支更细也更高贵的蜡烛而已,在祈愿时献给圣母;它在祭台前面的铁钎子上燃烧,流淌着蜡油,圣器管理人在教堂关门时也不会忘记熄灭它。不过,蜡制品或者伪装成蜡的石蜡制品有着神秘的历史。在朱里奥之前，无数人曾将蜜蜂的劳动成果据为己有，以将它奉献给诸神；几个世纪以来，他们为神像提供着一个由小火苗组成的仪仗队，仿佛把自己对黑夜的本能恐惧归到了诸神身上。朱里奥的祖先需要休息，需要健康，需要钱，需要爱：这些默默无闻的人向圣母玛利亚进献蜡烛，就像自己那些在岁月的沉积下被埋葬得更深的祖先，向维纳斯热乎乎的口中投喂蜂蜜蛋糕一样。这些火花燃烧的速度比人类短暂的生命快得多：一些愿望被拒绝，一些愿望则得到满足，因为，有时候，不幸的本质就是先让一些期许得以实现，从而让希望的痛苦延续下去。随后，这些人提前获得了一种他们并没有祈求得到的恩赐，唯一确定的恩赐，那就是磨灭了一切其他馈赠的黑暗之礼[1]。不过，朱里奥·罗维西并没有想到那些死亡。他双膝跪地，两只肥厚的手交错在一起，这双手看上去并不像祈祷的手，合在一起对于它们来说也只是一个再普通不过的动作。朱里奥祈愿自己错过他的那一班火车。即便他晚回家一个小时，朱塞帕

---

1 指死亡。

的态度也不可能更差了。这个疲惫的老人把童年的回忆当作避难所，结结巴巴地念着一段《圣母经》，祈求一切变好。

其实他知道（或者他应该知道），什么也不会变好；一切都在沿着冷漠又确定的路线前进着；那些感情，他生活中的种种处境，每一天都在变得更糟，就像那些被用得太狠的东西一样。朱塞帕的脾气也随着年龄的增长和风湿的愈发严重而变差：就连圣母也无法改变一个六十岁女人的秉性。瓦娜还会继续本不该如此孤独的生活，这种生活将她引向绝望的深渊。她或许会找个情人；可这样一来，她就会比现在更加痛苦，因为这会让她的痛苦中再多一分羞耻。像很多人一样，乔瓦娜的身体和她的灵魂并不匹配：必须改变其中一者，才能停止她的痛苦。即便她对她深爱的卡洛保持忠诚，将来回到她身边（假设他能回来）的男人也不再是她曾经所爱的那个卡洛·斯特沃。在朱里奥的内心深处，他很清楚，瓦娜已经因失望而变得十分尖酸刻薄，不再是那个名人曾经爱过的美丽而浪漫的姑娘了。老实说，盼着那个被不幸和仇恨刺得遍体鳞伤、自始至终都是政府怀疑对象的冒失鬼回来，这种想法本身就很不理智。而且米米（但是这一点不该承认）与他曾热衷于画在白色枕头上的那个天使般微笑着的病孩也毫无相似之处。即便日后痊愈，小姑娘的身体也会非常羸弱，无法与他人成婚：朱里奥为此十分同情她，仿佛他曾尝尽婚姻的甜头，仿佛瓦娜未曾受过婚姻的苦。

他再也见不到琼斯小姐了；她要回到她多雨的祖国去，顺便带走他那太过善良、以至于不知该如何让易怒的朱塞帕闭嘴的形象。如果想让她回到他身边，回到大道上的小店里，好让他勉强敢于像在梦中那样对待她，他就必须要富有、要自由、要勇敢，她也必须穷到允许别人爱她。为了设想自由的样子，他必须要在思想上犯下与著名杀手同样多的罪行才行。一旦摆脱了金钱困扰、家庭争执以及迫使他接受这一切的软弱，朱里奥·罗维西就会变成另一个人；这种转变相当于比他的死亡更彻底的一种死亡。因为他的死亡，或者他妻子的死亡，此刻正不知不觉地被无数细小的生理变化铺设着，并渗透进了他们生活中那张由寻常苦恼构成的网络；如果他死在前头，他都能猜到朱塞帕会如何通知女邻居们，以及

桑德罗·波提切利：《维纳斯的诞生》

有多少人会放下手头的事情，去公墓参加葬礼。他慢慢地变得一无是处，只会处理这种令人厌恶却十分简单的例行公事，这至少让他不必再费任何力气。就连幸福——如果可以幸福的话——都无法改变他命中注定的贫苦，因为这贫苦就来源于他的灵魂。如果朱里奥·罗维西能预见未来，他必会相信祈祷是一种徒劳。不过，在他的面前和圣母的注视下燃烧那几根纤细的蜡烛倒不算是毫无用处：他用它们维持着对希望的想象。

如果向罗萨莉亚·迪·克雷多的邻居们打听她的情况，这些妇女会一致回答说，这个老姑娘丑陋、吝啬，温柔地照顾着自己行动不便的母亲，却一声不吭地把父亲送进疯人院，还跟妹妹安吉奥拉不和，因为后者足够机灵，能把自己嫁出去；还有她住在罗马哪条街哪号的哪栋房子里。所有这些说法都是错的：罗萨莉亚·迪·克雷多很漂亮，她那种清瘦的美只需要最少量的皮肉就能呈现出来。侵蚀她容颜的不是年龄，而是疲倦——就算是教堂里的雕像，在这种漫长的蚀刻下，脸上都会呈现出活人的味道。她确实吝啬，就像所有那些钱只够花一次、热情只够爱一回的人一样。她恨的不是妹妹，而是把妹妹从她身边夺走的那个丈夫；她小时候深爱的是父亲，而不是母亲；她住在杰马拉里面。

　　很多人在描述杰马拉时都会说，那是西西里的一栋老房子。可这样一种过于简单、只能算没有说错的定义，往往掩盖了每栋人类住宅各自的特殊之处，特别是房子的历任拥有者为房子不断添减装饰，已经将其变成了一个石头垒起来的谜。外界的时间对人类一无所知：它呈现为季节飞逝而去；呈现为歪斜了很久、又常年不甚稳固的石块终于坠落；呈现为栓皮槠的树干缓慢地一圈圈变粗，被斧头砍出断面后，又通过树汁的流淌展现出植物时间的轮廓。这外界的时间当然也没有放过一个叫鲁杰罗·迪·克雷多的人在大约六个世纪前获封的领地。时间像对待岩石和树枝一样对待外墙和房梁；这栋人类的作品本身包含着太过明显的含义，而时间又在此基础上加入了它自己具有破坏性的评论。可是，如果单纯地说时间破坏了杰马拉，那就等于忘记了时间同雅努斯[1]一样，是一位有着双重面孔的神。人类的时间以世代而论，以家族衰落和政权倒台为标记，只有它才是这些内在变化和不了了之的计划的始作俑者，而这些变化和计划则构成了人们口中的"往昔的稳定"。教堂文集里提

---

1 罗马人的门神，通常呈现为前后两个面孔或者四面各有一个面孔。

到的那些随处可见猎物的小树林很快就在人类猎杀动物和砍伐树木的热情下奄奄一息，令霍亨斯陶芬王朝时期的猎人小屋遗址显得十分可笑；葡萄园中的巴洛克式假山逐渐倒坍；黑手党、土地问题和常年的疏忽导致土地贫瘠、资源枯竭。使用乡村风格的石膏装饰改造房屋后，成双成对的廊柱就此消失；一组台阶不知通向何处；某位叔叔在围攻加埃塔期间死去，他的军帽就挂在一间没人能进去的会客室里；一张阿尔及利亚地毯和几把皮椅最终也变成了古董的样子。不同的主人按照自己的需求，或者癖好，或者自大的心理，或者小农的吝啬，相继对杰马拉进行改造。同样，这栋老旧的房子按照自己的想象培养了家族最后一个子嗣，即只是继承者身份的鲁杰罗·迪·克雷多[1]。

他手下的佃农（包括看着他出生的那几位）、他的女儿以及在他年轻时曾真心爱过他的妻子，在这些人的脑海中，他一直是一副衰老的样子：衰老似乎就是这个男人天然的状态，他本身就是一段过去的终结。十六岁时，

---

1 即罗萨莉亚的父亲，他与 6 个世纪前的祖先重名，这种现象在欧洲十分普遍。

鲁杰罗老爷应该还比较像品达的诗歌里描述的那种西西里帅小伙儿；到了三十岁，他瘦削的面庞开始呈现出海军元帅圣母教堂镶嵌画中基督脸上的那种呆板和热情；到了耳顺之年，他又成了一副中世纪西西里岛上穆斯林巫师的样子，仿佛他自己只不过是一面有裂缝的镜子，模糊地映照出家族的亡灵。即便一个看手相的人贴近他的手掌仔细观察，也读不出他的未来，因为鲁杰罗老爷没有未来；或许也读不出他的过去，倒是能看出在他身后去世的二十几个人的过去。鲁杰罗老爷的一生虚无缥缈，而这虚空在他身上似乎是一种自觉自愿的静止。他曾在比斯克拉[1]担任执政官；他在晚年迎娶了一位阿尔及利亚犹太人，这个女人粗俗得要命，名声还不太好，他也因此而葬送了自己的职业生涯。不过，这一次失手之于他，就像死亡的不幸之于笃信上帝的人。他退休后便退回到时间之外，也就是杰马拉里面。于是，这个疯子二十年神奇而又空虚的生活便像一个普通的夏日般拉开了序幕。

---

1 阿尔及利亚的一座城市。

每当罗萨莉亚·迪·克雷多想到自己的父亲，她的眼前便浮现出他坐在石头堆上，两膝间夹着饭盒，像农场里的工人那样喝汤的样子。鲁杰罗老爷倒不是为了发展自己的产业而操劳；他有更具价值的事情要做：他到处发掘宝藏，或者说，他能发掘出宝藏。由于缺水，他成了一个卜测地下水源的人；多年间，他在田里四下走动，手里的桲木棍就像是一个神秘的器官，将他同自己的土地连接在一起。后来，寻找水源的工作让位于寻宝：他的祖先肯定在地下深处埋藏了不少黄金，足以补贴鲁杰罗老爷遭遇的柑橘滞销和国债微薄的收益。最后，他遇到一位考古学家，这个人让他开始梦到雕像——这是他梦到女人的一种新方法。他不太关心自己的妻子，她总是陷在垫子里，胡吃海塞；村里那些赤着脚，皮肤黝黑，穿着褪色罩衫的姑娘有时却会冒险去树丛中接近这个既像巫师又像森林之神的男人；鲁杰罗老爷便放弃了空想的女神雕像，转而追起了这些热乎乎的肉身。他庄园里的树既没修剪，也没嫁接，难以结果，就像那些因服务于人类而痛苦不快的树木和动物一样；本就破败的杰马拉摇摇欲坠：这片领地承载着不断被风吹来的尘埃覆盖其上的干土，深埋地下的宝藏，还有空荡得可以在上面滑行的喷泉水盘。而这一切对鲁杰罗老爷来说都无所谓。

他脑中各种各样毫无价值的想法就像在一片黑水上面一样飘来飘去：他一直缅怀两西西里王朝，并蔑视萨伏依王朝；他对"进军罗马"无动于衷，因为那是北部发生的一系列事件之一；他对金钱和商人嗤之以鼻，却又想尽办法从邻居手中骗几个钱——他们对他那根用来找水的卜棒很感兴趣，或者忍住不卖掉一块本来就没人想要的土地，从而试图抬高这块土地的价格。这个男人不怎么洗澡，却讲究过分周到的礼数，这些礼数早已过时，因此显得近乎荒唐可笑，不过倒是能哄得住收税官和债主们；虽然是穷人，他对女儿们却如君王般慷慨大方；他的妻子多娜·拉凯莱趁着自己的年轻美貌尚在，不停地出轨，而作为丈夫的他却用严格的戒规来要求一双年幼的女儿，这种老派作风与其说是出于严厉，倒不如说是出于一种近乎乱伦的嫉妒。他禁止她们同任何男人讲话，哪怕是神甫或者在村子广场上售卖束带的残废；然而，出于虚荣，鲁杰罗老爷倒觉得安吉奥拉被外地人拍照是件好事，这些人来到南部参观剧场的废墟——这是当地唯一具有吸引力的地方——西西里旅游指南里提到过这片废墟，不过也没有打上星号。

由于生活太拮据，他没能按照当地惯例将女儿们送到巴勒莫修道院去接受教育。她们学到的是母亲沙哑的歌唱，唱的是咖啡馆里表演的几段歌曲，歌曲在她们的口中呈现出一种抒情曲的优美；她们受到的教育还包括广为传唱的民歌和某天晚上从仆人的抽屉里偷出来的性健康手册，还有鲁杰罗老爷教给她们的几段希腊诗歌，鲁杰罗自己都早已不记得它们的含义了。然而，这一切并不足以填满一段记忆。因此，姑娘们的童年里还有其他一些回忆：村子里节庆时的热闹景象和几乎成为惯例的茴香面包制作；新鲜无花果的味道；果园里一片交错的棕榈叶下烂橘子的气味；一棵榛树，光脚的安吉奥拉误打误撞地来到树下，把厚重的棉袜挂在树枝上——鲁杰罗老爷出于礼数的要求强迫女儿们穿上这种袜子；一只猫头鹰的死亡；还有最初的几次心动。房子，这个独立的世界，有它自己的法则，甚至是自己的气候，因为罗萨莉亚感觉自己似乎在那里只看到过阳光灿烂的日子。

一只候鸟的早归被视为奇事，而圣卢西亚治好盲人，或者莎乐美在仲夏的夜空中赤身裸体，在他们眼中却是再正常不过。

在那些炎热的夜晚，他们在露台的一座亭子里面吃饭，亭子就在房子的墙根下，房子则在逐渐降临的夜幕中得到了美化和修缮。服侍他们的村妇离开时带走了剩菜；鲁杰罗老爷滔滔不绝的讲话声代替了喷泉的声音，他们曾经以喷泉为傲，可如今已经好多年都听不到有人在花园里玩耍的声音了。他用威严的口吻谈论着家谱，这种口吻是让男人能够随意打开话匣子的一种魔法；一说到杰马拉，他就变得口若悬河。他颠三倒四地念叨着家族现今和过往的财富，仿佛时间可以倒流一般：孩子们再也搞不清他说的是现在、未来还是从前。她们很富有，很幸福，并嫁给了王子；只要把橄榄园里的树都砍倒，鲁杰罗老爷就立刻启动发掘工作，连国王本人都会拨冗来参观；修复后的杰马拉也恢复了往昔的辉煌——其实它从未真正失去这辉煌，因为固执的老人从未停止过对辉煌的向往。多娜·拉凯莱慵懒地靠在椅子上，一遍又一遍地向从前在比斯克拉的老朋友们讲述自己嫁给了一个贵族，真正的贵族，获得过荣誉勋章，在西西里有产业。安吉奥拉倚着栏杆，看着那些她不知道名字的星星，仿佛看见了一件绝美的婚纱飘荡在半空中，这婚纱与她未来的打算毫无关系，甚至与达到婚龄后的她心里那些复杂情绪也没有半点关联。

鲁杰罗老爷的劣质雪茄熄灭了；这位老人正准备上楼睡觉，却在门厅停下脚步，再一次凝视着他从地里发掘出的少得可怜的宝贝：几块陶器碎片；几枚已经受到腐蚀的硬币；一尊"维纳斯与鸽子"小雕像——用黏土捏成的女神面颊已多处呈鳞片状脱落；还有一堆碎片，用很不专业的手法重新黏合成了一只花瓶。他抚摸着这些在他看来十分珍贵的物件，带着一种崇高的敬意，又在丰富的方言宝库中搜罗了一番后，用肮脏又滑稽的辱骂诅咒古代文物主管，因为后者拒绝为他的发掘工作提供补助。

这种摇摇欲坠的生活在村子里发生了一次冲突后彻底崩塌。鲁杰罗老爷想向本地的一位财主再借几千里拉，却无功而返。后来，这位财主的一匹母马突然死在了克雷多家族的一块地里。祸不单行，财主的妻子又因为胸部炎症去世，而几天前，他们家的草料刚遭到了焚烧。鲁杰罗老爷在当地有着巫师的名声；把这些灾祸都归到他头上，就像为了上天的恩赐而感谢一位圣人那样理所当然。人们想起了一些陈年旧事，包括奇怪的事故，以及太过突然、必有蹊跷的暴毙事件；每个人都在记忆深处找寻着某种不满，差不多就像在保险箱里找寻一把刀一样。有些曾怀疑过妻子不忠的丈夫，还有些被鲁杰罗老爷赶走的佃农（在他还有佃农的那段时间里），都与魔法的受害者同仇敌忾。大腹便便的神甫代表教堂，率领一众尖叫着的妇女和大喊着的孩子，在尘土飞扬的夏日夜晚，攻向杰马拉。

"肮脏的家伙！叛徒！狗东西！该死的魔鬼！"

人还未到，骂声先到，老人和罗萨莉亚便趁机闩上了唯一一扇多年未曾上锁的门。窗户上结实的木条能抵挡住入侵，却无法彻底挡下子弹和石头。鲁杰罗老爷把女儿们推到了一个死角，从一扇微开的窗子缝隙向外举枪瞄准。他号称一生都只朝空中开枪，但这次射击竟命中了神甫，后者倒在了地上。于是，村民组织起一场持续了一整夜的围剿。多娜·拉凯莱的身体恢复了当年作为舞者时的柔韧，她从一方废弃的蓄水池逃了出去，跑到邻村去寻找增援；两个相互抱紧的孩子面对围捕人群的谩骂，只能发出猫头鹰般的哀鸣。罗萨莉亚是家里最勇敢的，她感到妹妹的身体在她怀中颤抖着。然而，真正令她们尖叫不已的，并非恐惧，而是兴奋。在那样的夜晚，一切皆有可能：杀人不难，死去不难，被人像猎物或者杯子一样手递手传来传去也不难。唯一不可能的事情，或许也是唯一不幸的事情，就是什么也不发生。

"去死吧！"老妇们大声叫骂着。

"杀了那个该死的家伙！宰了那个魔鬼！"神甫嘶喊着，感觉自己命不久矣。

然而，他的教徒们看到他染血的长袍后，逐渐失去了勇气。恐惧令石块偏离了目标。最谨慎的几个人开始怀疑，一个关在自家门里，手中还有一把好猎枪的巫师，是不能草率对待的。受伤神甫的激励倒不足以阻止农民们放弃，但毕竟还有关于装满金币的罐子的传言，据说鲁杰罗老爷把它藏在了地下室；以及两个姑娘所激发出的隐秘欲望：她们的身份，再加上父亲的谨慎，使两人躲过了村民的觊觎。然而，她们美丽、不拘礼节又会惹火，经常被人看到出现在泉水边以及商店和教堂里，至少其中一个姑娘已经懂得如何撩拨男人：只消让舌头在双唇上游走一圈，或者忽然垂下眼睛。

最后，一扇窗子让了步；一块窗玻璃的碎片正中罗萨莉亚的面门；血流、碎玻璃、拂晓的灰白，一同涌入了房间，向鲁杰罗老爷宣告他梦想的破灭和统治的结束。二十年的狂热妄想在人群的冲击下瓦解，而这些人看不到那不可见的建筑，他们以为自己只是袭击了一栋古老的石头房子。在这栋被时代歪曲的杰马拉里，安吉奥拉孤身一人，就像一株在老墙的狭窄缝隙里长大的植物，感到窒息。未来随着榔头一下一下的敲击，撞在门上，把这场意外带到她面前。她曾经徒劳地期盼着它的到来：彼时，她目不转睛地看着那些平庸的游客，他们只顾匆忙地赶回停在村子广场上的大巴，从不曾停留太长时间去欣赏一位漂亮姑娘。

太阳升起；此时，夜晚只存在于长长的影子里面；刚被人放火点着的谷仓向天空中吐着烟，这烟一边上升，一边变成了蓝色。这时，政府化身为一小队骑兵，闯入了这史前的一幕。

　　清晨的到来并未将鲁杰罗老爷从他的梦中唤醒。他拒绝为这些陌生的军官开门；罗萨莉亚不敢违背自己的父亲；只有安吉奥拉，虽然危险不再，仍然惊恐不已，却将门微微打开，把这些人连同驱散夜间谵语的新鲜空气以及几个农民一起引入了关着窗的门厅。这几个骂骂咧咧的农民重又变得满腹牢骚，他们把受伤的神甫放在了鲁杰罗老爷的床上。骑兵队长带着一种厌倦的冷漠听完了双方截然相反的陈述：鲁杰罗老爷成了被队伍保护的犯人，踏上了前往监狱、前往市里、前往二十世纪的路。他拒绝了一位好心邻居提供的小推车，所以只能步行穿过村子里唯一一条道路。从狂怒中恢复理智的妇女们高声跟这位老情人温柔地告别。多娜·拉凯莱有气无力地往前走，拖着步子，脚上是一双女士拖鞋；罗萨莉亚的额头上缠着一块手帕；这块绷在她太阳穴上的白布让她看上去像一位修女。出发前，她匆忙用母亲的披巾包裹了一些细软；安吉奥拉没带任何行李。不过，虽然安吉奥拉跟着队伍时，面带悲剧女英雄般的不屑，真正拥有悲剧女英雄内心的却是罗萨莉亚。这个局促不安的少女身上随便穿了一件袖窝已经磨破的黑色长裙，她的心，在一种不为人知的宗教和一种不知其名的爱的仪式里，被献给了家人，献给了家。她们的父亲，这位被废黜的疯狂之国的国王，嚼着好心的骑兵给他的香烟叶，并没有意识到，他身后跟着的是伊斯墨涅和安提戈涅[1]，而这种盲目又让他的悲剧形象更为完整。

罗萨莉亚对巴勒莫的记忆并不深刻：她曾去监狱探视父亲，监狱的围墙孤零零地立在那里；三个女人居住的出租屋里摆放着已经褪色的家具；晚上，她和安吉奥拉一起走在公园里，后者有时会转过身对某个人报以微笑，而罗萨莉亚觉得自己就像这个发光少女的影子一样。几周后，也可能是几个月后——因为自从时间被记录在新的时钟里，它便失去了意义——鲁杰罗老爷又回到了他那被糖渍柠檬塞得脑满肠肥的妻子身边。这是一个苍白消瘦、虚弱萎靡、理智得离谱的鲁杰罗老爷，他想要

---

1 希腊神话中的一双姐妹，父亲是著名的悲剧人物俄狄浦斯。姐姐安提戈涅因埋葬背叛城邦的哥哥波吕涅克斯而被处死，妹妹伊斯墨涅则要求同姐姐一起被处死。

卖掉杰马拉，因为他在那里只能收获不幸。由于无人开价，他被迫满足于一笔不高不低的租金，把房子租给了有钱的外地人。世界允许他摆脱了一处他无法继续生活下去的地产；再者，人们觉得这位老人的疯病已经治好了，其实这疯病变得更加严重，只是让人看不出来而已。虽然鲁杰罗·迪·克雷多看上去抛弃了自己在西西里的土地，实际上，他对这座浇注了血液的房子抱有极大希望，因为对于他来说，那里代表着他的家族。在监狱里的时候，他想起了几个远房的表亲，他们都是名门望族，连最无知的人也听说过他们的名号，而且他们极为富有，能够住进罗马最华丽的建筑里专属贵族的楼层。尽管他写给特拉帕尼贵族们的信一直没有回音，但他仍然指望他们能帮助他恢复克雷多家族的财富，而杰马拉只是家族财富一个微不足道的石头做的证明。罗萨莉亚负责售卖简陋的首饰，用来支付旅费；同样是她，在母亲的陪伴下，回到塞满新租客的行李箱的杰马拉，把剩下的衣服和日用品打包带走；最后，还是她，负责安排全家人出发。

多娜·拉凯莱在渡海的时候不停呕吐；鲁杰罗老爷

固执地向邻座的人灌输自己的故事；安吉奥拉把自己真心爱过的初恋留在了西西里岛上：为了安慰她，罗萨莉亚悲伤地亲吻着她惨白的双手。她对妹妹的热切情感令她同时扮演起了男女情人的角色；这个淳朴的姑娘并不知道，疲倦、麻木和傲慢筑起的内心边界在发生最深重的苦难时，能阻止一个人过于痛苦，因此她把自己所有的精力都用在安抚妹妹的绝望上面；如果她为自己感到悲伤，一些清晰的记忆和悔恨又会限制住她的不快；这个天真的姑娘为他人的痛苦感同身受时，不觉间便是在为所有爱之殇而哭泣。拂晓时分，安吉奥拉沉沉入睡；父亲早已在隔壁的床上鼾声大作，并不知道罗马有怎样的羞辱在等待着他；罗萨莉亚则替他们长夜不眠，仿佛她就是他们的内心。他们指望她照顾衣食起居，她也听之任之，于是在某种意义上成了代他们受苦的仆人。

失去妹妹对于罗萨莉亚来说没有离开西西里岛那般痛苦，因为她已经习惯了苦难。后来，这次分别的结果与所有令人心碎的分别并无二致：人们总觉得只要坚持不承认，那么分别就是暂时的。鲁杰罗老爷缠着表亲，让他们安排安吉奥拉进入佛罗伦萨一所只接收贵族小姐的寄宿制学校，就此让那些认为他只是一个沽名钓誉的农民的人闭上了嘴。这样的安排让罗萨莉亚的妹妹躲过了街上的种种危险，躲过了年迈的父亲、爱哭的母亲以及鲁杰罗老爷在佛斯卡路一栋建筑顶层租下的公寓。罗萨莉亚也对这样的安排表示赞同。那时，安吉奥拉十六岁；出发的那一天，这个单纯的姑娘顶着一头丝滑的秀发，一双眼睛在不施脂粉的脸上微微垂下，她似乎又退回到了童年时代；罗萨莉亚明白，她的妹妹把真实的自己隐藏了起来，就像人们在秋天收起浅色长裙，准备来年春天再穿一样。在她的陪伴下前往火车站的是一个通身海蓝色的小女孩，只有陌生人才会把她认成安吉奥拉。

三年里，每次发生新的不幸，罗萨莉亚都会因为妹妹不在而感到欣慰；父亲总是说要把他卜测水源的秘诀卖个好价钱，从而摆脱资金困境，重返西西里岛；罗萨莉亚的生活就这样徘徊在等待重返和等待出发之间。安吉奥拉从修道院回来时，身上多了优雅的气质，还有一口让姐姐为自己多年未变的南方口音感到羞愧的意大利语。罗萨莉亚没费什么力气就让一位亲王夫人同意妹妹做她的女伴，鲁杰罗老爷虽然一再坚持礼数周到地对待这位亲爱的表妹，却暗地里嘲笑她的吝啬、她的矫揉造作，特别是她的头衔——他一边嫉妒，一边又质疑这头衔的年头。特拉帕尼亲王夫人有一个儿子；罗萨莉亚便隐约开始幻想一段能让杰马拉向他们所有人重新敞开大门的婚姻。这位老妇人扶着司机的胳膊走上三楼大闹一场的时候，幸好鲁杰罗老爷并不在家：安吉奥拉不辞而别，兜里装着一个月的预支工资，而且很可能不是一个人走的。无论是亲王夫人——她或许压根儿就不想搭理他们，还是罗萨莉亚——安吉奥拉后来也没有向她作出任何解释，都永远也不会知道这场出走真正的前因后果。罗萨莉亚向父亲隐瞒了这场不幸。她在罗马的主流报刊上登了启事；由于一直杳无音信，她想到了妹妹自杀的可能，又想到妹妹那个平凡无奇的情人可能会再度出现——安吉奥拉曾经在巴勒莫委身于他。而之所以这样想，是因为她这颗忠诚的心相信妹妹也会在爱情中忠诚。

大约在这一时期，始终身着黑色衣服的罗萨莉亚·迪·克雷多开始表现出阴郁的神态，邻居们后来也是通过这种神态才想起了这个幽灵般的女人。她帮助房东售卖祈祷用品；她的脸因长期处在教堂清冷的阴影下，呈现出蜡一般的暗黄色，而蜡原本是蜂蜜的姊妹。拜医生的探访和临终涂油礼所赐，母亲的死在邻里间获得的关注比此前漫长的四年里获得的都多；鲁杰罗老爷动不动就在彩票上损失几个小钱，这些钱都是他的靠山给的：这些人最后也拒绝再向他提供任何援助了；有人看到他立在他们的门前，不断准确地重复同一个词和同一个下流的动作来表达他的鄙视，准确到了荒唐的程度。特拉帕尼亲王把他安排进了一间疯人院。罗萨莉亚独自一人守着这间空荡荡的公寓，因为安吉奥拉知道这里的地址。最后，当罗萨莉亚已经开始尝试着接受妹妹已经死去的假设时，安吉奥拉回来了，就在七月的一天。日后，每当有人谈起某个美丽的夏季时，罗萨莉亚就会想起这一天。

她什么也没有问，因为她光看她的脸就明白了一切。一切，指的就是唯一一件重要的事情：安吉奥拉受了苦。她并不知道她犯了什么错，但还是原谅了她；她唯一埋怨安吉奥拉的地方就在于后者没有把她当作同谋。悔恨中的安吉奥拉眼圈发黑，这双美丽的眼睛让罗萨莉亚忘记了西西里花园里像爱笑的小羊羔般的姑娘，也忘记了在罗马码头上哭泣的腼腆的女学生：这个全新的妹妹成了她最后的爱。这段共同生活的日子是两段忧愁之间的暂息，近乎快乐的暂息，这暂息在记忆中被不断美化，直到近似于幸福，并在死亡到来的一刻让人免于绝望。在她看来，这种爱是纯洁的，可她并不知道的是，它也可能不纯洁，它就像一种对肉体的迷恋一般，引诱着她作出种种让步。为了给妹妹做衣服，她省吃俭用；她给妹妹做的几条裙子都很丑，但安吉奥拉以一种看似善意的恩赐态度，同意穿上它们。她后来才知道，安吉奥拉生病后在佛罗伦萨附近的一个村子里躲了一阵子；手头拮据的她接受了一个年轻的乡下公证员的救济。她不久前在保护人[1]家中第一次见到他，造化弄人，他简直就是潘沙外表下的堂吉诃德。这个温柔的胖小丑很讨安吉奥拉喜欢，后者便没有拒绝他的提亲；只要去罗马出差，他必定会去看她；他给她带去无用的鲜花和糖果，如今的她没有这些东西已经活不下去了。

只要妹妹爱上的男人身上有她勉强能理解的魅力，

---

1 即特拉帕尼亲王夫人。

罗萨莉亚就会默认这种爱情。她瞧不起这个呆子，安吉奥拉不可能爱上他，而这也正是她对他讨厌不起来的原因。这个叫保罗·法里纳的人通过几次幸运的投机买卖，得以在彼得拉桑塔建起了一栋小房子，为此，罗萨莉亚藏起了自己对他的蔑视；她帮助安吉奥拉选择布料和家具；婚礼次日，查看发票的时候，保罗那副吝啬鬼的嘴脸就重新露了出来。罗萨莉亚委托这位妹夫管理她们微薄的租金收入，他便替她去了一趟西西里岛。罗萨莉亚把他从安吉奥拉身边支开一阵子，要求他为她们施展自己生意人的才华，因而从中尝到了一种残忍的快乐；时间长了，这种快乐能让一个人更加怜爱起他的受害者。几个月后，保罗乘夜车来到罗马，告诉罗萨莉亚，安吉奥拉失踪了，她前一晚跟着一个巡回剧团里的第二男高音私奔，这个剧团两天前曾在佛罗伦萨的一个剧场演出《阿依达》。这个坐在椅子上抽泣的胖男人令她产生了一种怜悯的冲动，而这种冲动源于一种共同的不幸。

她还不到三十岁，就已现老态，生活让这个姑娘不堪重负，而她却认为自己从未真正生活过。她在带家具的小旅馆周围和火车站附近游走，盯着那些像安吉奥拉一样美丽或者悲伤的人看个不停。保罗因遭妻子抛弃，借杰马拉来报复她，不再支付抵押的利息；一天晚上，罗萨莉亚在一间咖啡馆的门口看到他和一个女人在一起——这个女人很可能是他失踪妻子的替代品——因而同他闹翻。她并不觉得妹妹会幸福，无论她在哪里，因为安吉奥拉的不幸是她仅剩的一点希望。她早就知道再见到的会是被人背叛，也许还生着病，总之是萎靡不振的妹妹；她甚至没有通知那位可笑的丈夫，她的损失正是拜他所赐：姐妹俩为了谋生，曾进入一所家庭式膳宿公寓做佣人，这所公寓是一个英国女人刚在杰马拉开设的。这片庄园在短时间里已经换了几拨租客，仿佛是在默默地谋划着如何把外人赶走；公寓只开了几个月就关门大吉，那个英国女人只支付了第一季度的房租。鲁杰罗老爷的债主们失去了耐心，一位发了横财的面粉厂厂主，克雷多家族最大的敌人，宣布想要买下这栋房子，只保留四面外墙，在目前杰马拉的基础上打造一栋现代别墅。

每次执达员送来催告后，罗萨莉亚都会去通知父亲：她依旧相信仅凭他一人就能力挽狂澜。然而鲁杰罗老爷处在一种完全麻木的状态之中，像死人或者神祇一般无法沟通。他只是坐在那里，一言不发，反复摩挲着柳条椅的扶手，像某些聋人一样沉默不语，又像某些盲人一样皱起了眉。罗萨莉亚固执地说个没完，她不明白的是，语言对于心聋的人来说毫无意义。有时候，老人觉得被搅了清净，会胆怯地抬起头，随后，一种怡然自得的愚钝表情让他的脸舒展开来；从嘴角和眼皮可以猜出他在微笑，而这微笑表达的并非一种听懂后的愉悦，而是一种没听懂的带有恶意的快乐。这个狡猾的农民以自己的小伎俩作琴弓，把自己的不幸当作一把大提琴来演奏。在西西里岛上，他用自己的秘密欺骗仰慕者，甚至欺骗敌人；在罗马，他利用自己的苦难敲诈富有的亲戚；生活令他的梦想一个接一个地破灭，而被生活羞辱的他便用精神错乱的毛病挡在了他的失败和他自己之间。沉沦之际，鲁杰罗老爷回到了他的岛上：疯病就是他的西西里岛。他的女儿安吉奥拉没有同一个外乡剧团的二号男高音私奔，她还在那里，如同借他之手出土的雕像般完好无损；当她在杰马拉树林中的罗马蓄水池里沐浴时，他可以将年轻女儿的胴体之美同这些雕塑对比着欣赏。他把这些雕塑挖了出来；它们像女人一般来到他身边；

遍布巴勒莫奥利维拉广场博物馆大小陈列室的也是它们，而不是别的雕塑。为了转移嫉妒者的视线，最好散布谣言说他已破产；他自己知道真相，因为在食物储藏室里的空坛子后面，在几个草篮中，他还保存着足够的金子用于复兴杰马拉。还有这把柳条椅（哈哈!），它也变成了他总也摸不够的大理石座椅。罗萨莉亚的到来让病人十分恼火：这位据她说已经失去自我的父亲并没有认出她来。她急着离开疯人院，却并没有看出，这个痴呆者就像那些出卖灵魂来占有事物的巫师一样，只是用理智换取了自己的一方小世界。

在晚间的钟声里，回到教堂的罗萨莉亚从房东太太的手中接过了一封来自巴勒莫的信。她把自己关进房间后才打开它：保罗·法里纳通知她，房子在某天由某位公证人查封出售；这封白纸黑字的信就如同她自己的死亡通知书一般。在这个堆满破烂的房间里，她坐在床上，眼里看到的东西都在逐渐远去；她盯着地板，上面的家具似乎也像沉船的残骸一般漂浮不定：比如那把椅子，鲁杰罗老爷再也不会坐在上面，它便也失去了存在的意义；还比如那张床，安吉奥拉也不会再睡在上面。罗萨莉亚对这些损失已绝望透顶，便也听之任之，但她仍然认为杰马拉在她的记忆中是安全的。她差一点就接受了再也回不去的事实，反正到了二月，只要罗马下雨，她就能想象阳光照在杰马拉的石头露台上的情景。她最终像那些用心思考的人一样明白了一件事，那就是这座庄园与她之间相隔的距离不再是几百里，而是几年：那栋房子是她的过去。杰马拉的拆除只会发生在她的脑海中，因为石头感受不到十字镐的敲击；父亲过于年迈，受不了打击；安吉奥拉也不再惦记那座房子。一个发了横财的面粉厂厂主确实有权利推倒杰马拉，毕竟就算家族成员回到杰马拉，那里的镜子也认不出他们来。她自己已经不知不觉地在脑子里把杰马拉拆拆盖盖了二十几次：她想为妹妹打造的豪华杰马拉，她希望父亲住进去的贵族杰马拉，以报复上流社会对他的种种蔑视，都与她童年的住宅毫无共同之处——杰马拉已不复存在，即便是在她那被幻想歪曲了记忆的心里。更何况，此时此刻，这场灾难并没有完全打倒她：她从床上方一块破碎的镜子里看到了一个人，这个人只求继续做饭，继续售卖蜡烛，只要她能不来烦扰自己就好。房间里越来越昏暗，让她得以一点点摆脱了这个陌生人，这个本来就是她自己的陌生人。她在房间里踱了几步，房间的四壁已无法将她与空虚隔绝开来。毫不意外地，她忽然感觉自己产生了去死的欲望，仿佛只是意识到自己身上的某种需要一般。

这不幸仿佛是一场窒息的开始，重击了她，她陡然打开了窗户。这条人烟稀少的小路上实则充斥着看不见的来来往往，制造出的噪声如同一阵波浪向她袭来。尽管空气已经显现出宣示夏天到来的沉闷，她仍然感觉冷。高低不一的阳台，加上凸出的房檐，形成了一个个狭窄的小花园；别着卷发夹、身穿短上衣的邻居们在晚上会给这些花园随便浇浇水。再往下三层看，隔壁一栋房子的小院里，是一个女人喂鸽子的背影；她的双臂上盖满了翅膀，令罗萨莉亚隐隐想到在西西里岛花园的土地里发现的完全破碎的小陶像。

"切拉[1] 太太！"

---

1 马切拉的昵称。

"哎呀！吓了我一跳！"

马切拉仰起头，想看看是谁在叫她的名字。鸽子便飞走了。她美丽的脸庞如同大理石般刻板，只表现出了平静。然而她确实吓了一跳，就像那些习惯了危险、总处在警惕状态的人，本能地受了惊，但很快就控制住了情绪。

"您需要什么？"

"一点炭，切拉太太。再给我一点炭。我把钱放在篮子里。"

篮子随着一条绳子的一端滑下，里面放着的十里拉硬币上是萨伏伊王朝某位君主的头像，如同支付给冥河船夫的钱币一般。马切拉回到自己家，再出来时手里托着一个盘子。她已经习惯于提供这种仅限于邻里之间的服务：铁盘里面，从活树林里采摘的松果刚刚点燃了死树林的木炭。被铁盘压着分量的篮子缓缓上升，被檐槽的凸起磕来碰去。罗萨莉亚拉着绳子，如同牵引着死亡。

"还需要别的东西吗？"

"暂时不用了，切拉太太。"

"稍等，我去给你找钱。"

"一会见，切拉太太。晚安。"

"晚安。"

她关上了窗户、窗板和窗帘。在精心阻隔了外部空气的房间里，罗马的噪声变成了朦胧的浪涛声，变成了难以察觉的机器震动声，这声音想必是从离得很近的某个房间传出来的。罗萨莉亚坐在行李箱上，这只箱子不会再送到任何地方去了。她朝炉灶俯下身去，用公证员的文件扇着火。觉得冷的时候，最好还是想办法取暖。海上总是很冷。呛人的炭火味让她想起了从那不勒斯开往巴勒莫的汽船的气味：在一个二等舱房间里，她坐在行李箱上；她听到的噪音，是父亲在相邻铺位上的鼾声。她曾疯狂地盼望着安吉奥拉回到这里：很久以前，这个小姑娘就在西西里岛上等待安吉奥拉了。而这烧焦的味道，是谷仓里收获的玉米被烧着的味道：谷仓如此之大，以至于玉米在里面烧了十二年。那不勒斯与巴勒莫相隔十二小时：黎明时才能抵达。火焰开始舞蹈：她那条美利奴羊毛裙的裙底碰到火炭，烧了起来；她并不害怕，但火苗还是要扑灭。如果不扑灭，整座杰马拉都会燃烧起来。这不是烛火；她才不会用蜡烛去换取别的东西：

和她一样的不幸之人经常在小圣玛丽教堂购买蜡烛；而她已不再相信蜡烛能有什么用处了。她提着裙子，想把火苗压下去；她隐隐产生了一种在床上打滚以扑灭火苗的欲望；但是浓烟逐渐充斥整个房间，像雾一样让她透不过气来。罗萨莉亚穿过在她脚下前后左右摇摆的房间，心里忽然因死亡的晕船感一阵翻腾，随后跌坐在床上。

有人敲门：她倾听着，但是不想给这些纵火的农民开门。她感到呼吸困难；不过，出于谨慎，最好还是不要打开窗户。她已经忘记了自己曾想要死去。她越来越模糊的脑海中走马灯般闪过一幅幅画面，不比往常更多，而且和往常一样鲜活，只是换了一种解读的方式。她累了：在被围困住的庄园里度过一个不眠之夜之后，这算不上什么奇迹。幸好，拂晓即将到来。铁床——小船——匀速前行，她不再感到眩晕。火烧到了棉被上，随后又到了床垫上：白色石灰墙上呈现出火影，仿佛拂晓时灰色天空中清晨的第一抹红。

"老天啊！这么浓的烟！"

她没有听到。右边的邻居闻到了气味，过来撞门；锁被撞开，他们进入了房间。她没有听到他们泼洒一桶又一桶水，扑灭火焰，咳嗽，重新打开窗户，与二楼的邻居分享发现火灾的激动心情。罗萨莉亚·迪·克雷多平静地躺在散发着焦臭味的棉被上，像葬礼时躺在木柴上的祖先的尸体一样，双眼大睁着；就在刚才，她来到了一座夜间的巨大杰马拉门口；安吉奥拉就在那里等着她。

保罗·德拉罗什:《年轻的基督教殉道者》

"就在这里。我去通知她。"

"我很赶时间。因为我住在奥斯提阿……"

她没有说自己的名字，但他还是猜到了。这个穿着不太得体的人应该不是团体里的人。再说，团体的成员几周前就躲起来了。如果她是客人的话，又会从店铺前门进来。对，她肯定是卡洛有一天给他看过的照片上的那个女人。而且，她戴着黑手套的手也在颤抖着。

"进来吧。这条走廊不太方便，而且过路的人可能会听到。"

她立刻会意，跟着他进入一间厨房。这里也用作卧室，可以看到里面有一张床。天色已暗。他轻车熟路地拧了一下转换器。来自特尔尼瀑布的动能转化成了光能，照亮了年轻男人过于精致的面孔，他纤瘦的脸庞几乎堪称完美，但显得局促不安，不断呈现出与俊美格格不入的表情。他注意到了黑色的包、黑色的大衣，还有像寡妇的黑纱一样的披巾围住了访客消瘦的面庞，毫无优雅可言。"怪里怪气的，"他想道，"像是一个服丧的小中产。"

"它们全吃光了，马西莫，"一个女人热情的声音在店铺的隔墙后面响起，"你知道吗？它们在我的手上走动，甚至连我嘴唇上的痣都想吃……它们粉色的小爪子抓起来力气可大了……不过我倒是无所谓，明白吗？如果明天哪个邻居……"

"过来，"他提高了音量，不耐烦地说道，"她等着你呢。"

他的提醒被窗板关闭时的"啪"的一声打断。马切拉走在瓷砖地面上的脚步声越来越近。

"我的小麻雀，"她用一种温柔的口吻和一种平民的亲切表达方式说道，"你怎么把灯点上了？我还有好多话要跟你说呢，还是黑灯瞎火的好。"

访客脸红起来，仿佛在窥伺一个女人赤裸的胴体一般。马切拉感到意外，但完全没有表现出惊慌。她停在了门口。由于她离灯较远，很难看清她的脸。

"马切拉，"年轻人走过去，关上她身后的门，"卡洛·斯特沃夫人可能是来打听一些消息的。"

他知道我的名字？瓦娜的手抖得更厉害了。她机械地摘下手套。当然，她的计划很简单：她打算保持住一种随便串个门的印象，注意不流露出任何情绪。然而这些人却出于与她相反的原因把此次拜访判断为一次简单的串门，他们自然地流露出悲剧性的真诚，却意识不到其中的平庸，就像瓦娜习惯于自己程式化的做法，却丝毫没有感觉到它们其实毫无用处。她作势重新扣上大衣——

"我只想跟马切拉太太谈谈"，她说道。

"如果马西莫·伊阿科夫莱夫不了解一切情况，他也不会在这里。他是……"她犹豫了一下，"斯特沃先生最好的朋友。"

访客目光坚定，几乎带有侮辱的意味。她于是被迫改口：

"是卡洛最好的朋友，"她说道，"我们的卡洛。"

随后又带着一种饱含深情的淳朴温柔地补了一句：

"那个可怜人！"

不知不觉地，她谈到他时的口吻像在说一个死人。

他们坐了下来。召唤亡灵的仪式已万事俱备，包括昏暗的环境，马西莫的香烟散发出的烟气，还有他们像在通灵会上一样放在桌子上的手。然而每个人想要召唤的缺席者却各不相同。瓦娜想的是那个康复期间的人，他们在奥斯提阿散步时，他总靠在她身上；想的是那个满足于中产生活中小小安逸的伟大男人；想的是她幸福的夫妻生活——这种生活很快便像一个梦一般消失不见，把一无所有的她丢在一个她从未能真正理解的复杂世界里。马切拉想起了那些在幼稚的鲁莽和幻想的谨慎之中反复讨论过的伟大计划；想起了一次日内瓦之旅，当时几个赞同他们思想的人帮助他们穿越了国境；想起了清早从门缝中塞进去的传单；想起了他们在这个房间里并排坐着，听到收音机里独裁者洪钟般的声音时产生的绝望和羞耻；想起了那次狂热的活动：即便当他们以同谋身份、而非情侣身份精疲力竭地躺在床上和衣而卧时，仍因这次活动而兴奋不已。马西莫又看到了维也纳一间咖啡馆里那个穿着破烂的陌生人，他从那个人手里搞到了一本假护照，上面有一份假签证；还有那个异常活跃的病人，用自己那双肺结核患者的潮湿的手抓着他的手腕，用满是错误的德语嘟囔着他对生活的看法、他的秘密计划以及几句含混不清的温情告白。在这么多的卡洛里面，有一个与他们空间相隔，其他的则是时间相隔，而他们不觉间献祭的正是第一个卡洛。彼此交谈之时，他们中没有任何一个人能完全勾勒出这个囚犯的一生。就像信徒不但相信自己信仰的神是真实存在的，还要相信祂们是独一无二的一样，这三个人各自也不知道或者根本无视纠缠着其他人的亡灵，只是静静地沉浸在对自己那个亡灵的默想当中。

"有人知道吗？……他可能很快就会回来吧"，瓦娜畏畏缩缩地试探着说道。

"他回不来了"，马切拉轻蔑地答道。

她设想了一下独裁者展现出宽容甚至可能颇具人性的那一刻，顿感气愤，同时深感不安，因为那一刻如同一种危险的精神诱惑，很可能动摇她的愤怒与仇恨。

马切拉·阿尔代蒂出生在罗马涅地区的切塞纳，她的母亲在那里从事助产士的职业，父亲是一个无政府主义活动分子，被一个专制者——他曾经的童年玩伴——

从小学教员的岗位开除。一位当年便已家喻户晓又富有的年轻医生出于真爱把她娶进门，在那之前，二人已经有过几个月暴风骤雨般的私情，在此期间，她时而全身心投入，时而又恢复清醒冷静。两年后，她从他身边逃离，一想到这段再合适不过的婚姻，就像想到一段有罪的恋情一样感到羞愧不已。事实确是如此，因为这几年的热恋让她短暂地偏离了自己真正的使命：那就是不幸。财富、成功、肉体的欢愉甚至是幸福，在她心中引发的恐惧如同一个基督教徒对肉欲的恐惧。基督教徒无法充分享受他所惧怕的肉欲，因为羞耻和内疚会破坏那一刻的乐趣；同样，肉体的欢愉和金钱只会让马切拉回想起她那悲惨地死在博洛尼亚医院公共大厅里的父亲，回想起因帮人堕胎而被判有罪的母亲。渐渐地，父母遭遇的不幸被延伸得越来越远，最终将她与一切受辱者、受压迫者和受惩罚者联结在了一起。对未来的期待给了这个一心起身反抗的女人一双女预言家的大眼睛。她与卡洛·斯特沃相遇时，二人都处在对国家和世界状况失望至极的当口。这个愤怒而身体羸弱的男人有着大胆的想法，他将这些想法推进到极限，使它们最终变成行动。

他在她身上同时收获了一个暴力的马大和一个有狂热信仰的马利亚[1]；而对于他这个来自的里雅斯特，既不像意大利人又充满意大利人激情的斯拉夫人来说，她曾是大地，强壮的意大利大地，从历代政权更迭中幸存下来。在这个出身自由中产好人家的孤独者眼中，她代表着人民；人民这一概念本身就是他所属的阶层在不久之前创造出来的，可是这个阶层又因种种习俗、偏见和担忧的后遗症而无法与人民自由来往。或许对于卡洛·斯特沃来说，她甚至更能代表人民的力量和朴实，因为从她受过的教育、她的婚姻以及她交往的人群来看，她已经不完全属于人民阶层了。虽然这个厌女、腼腆或许还保留着童贞的男人从没把她当成一个女人来看待，毕竟二人之间并无肉欲可言，他们倒是被一种共同的仇恨联系在了一起。他在被流放的前一年住进了她家里；在她的粮店里，在装满种子的袋子之间，他们召开了一次又一次秘密会议，一个个受到迫害的青年团体面对帝国复辟的罗马，在这些会议上孕育着他们纯粹的狂热心理。正是

1《路加福音》中描写的两姐妹马大和马利亚。

在这个房间里，他从维也纳归来不久后被捕。正义感和法制观念，某种被激怒的善良之心，让卡洛对这个代表着国家理性的新元首产生了仇恨；仇恨却又渐渐让同情一切失败者的马切拉身上滋生出善良的情感。她身上的一切都能激怒瓦娜：她那已经被生活磨糙却依旧美丽的脸庞，她那双疲惫的大手，她那在黑色羊毛披肩下自然垂坠的乳房。瓦娜赶在自己因愤怒而窒息前急忙说道：

"我们已经三个月没有收到任何消息了……我本来不怎么去拜访陌生人的，但是我又想……"她呼吸有些急促，仿佛刚刚被迫爬了一道陡坡一般，"我又猜您可能掌握着一些我们没有的渠道……如果您有什么消息要告诉我的话……"

"卡洛也没有给我们写信"，马切拉说道。

"真的吗？"

瓦娜抱着怀疑和猜忌看着她，但已经倾向于相信自己这位对手的处境没有比她自己好到哪去了。

"只要信里稍微提到一些有意义的事情，就会被拦截下来，"马切拉坚定地说道，"反正我最近没看到卡洛写信说他很好、天气不错之类的。"

她站起身来，从桌子上拿走了一个咖啡壶和两只空杯子，用这几个日常家务的动作来表示她对这次见面毫无兴趣。

"可他过得不好！您忘记他吐血的事情了吗？谁知道此时此刻他是否还活在世上啊，这个可怜人！"

"您不觉得他们将来会把他活着送回到我们身边吗？"

"我想您会不太自在吧，"瓦娜忽然喊道，"发现我已经猜到您和我一样爱他的时候，"她继续说，同时站起身，仿佛马上要揍谁或者给谁一耳光。"我几乎都要同情您。我对自己说：这个女人和我一样，她也很痛苦。我应该痛恨她，但是我几乎都要同情她了。我还为了去她家，特意理了发。我没想到我要面对的竟然是一个披着披肩的女工人。一个他那样的男人——女人在他身边只会觉得自己永远也不够高雅，穿得不够体面……可是看看她，这个脏婆娘，一脸轻松，好像一切都与她无关似的……"

随后，带着一种矫饰的傲慢，一种与她性格不相符的傲慢，她转而对马西莫说道：

"在您面前这样描述您的朋友，我很抱歉，先生。"

"您不用考虑我，斯特沃太太"，年轻人平静地回答道。

"换作是您的话，您会保护他吧？会把他禁锢在小资的生活里吧？您只会建议他跟上面那位握手言和，写几本好书、几本好小说，支撑每年去巴黎度假、在阿尔卑斯山里小住几日或者买辆新车的开销。我还不知道两口子的生活是怎么一回事吗？您只会利用他的疾病扼杀他身上那革命者、英雄和正义捍卫者的一面。卡洛跟我说过，他与您的婚姻是继他得了肺炎之后最糟糕的事情之一。"

"他真这么说的？跟您说的？"

"还能跟谁说？还有谁会关心卡洛·斯特沃的家事？"

两个女人在桌子的两头，在蜡烛的光幕上舞动着双手，愤怒地对质，如同一个男人命运的写照，近乎赤裸的写照——这个绝望的男人在她们之间挣扎着，就像一个在沙滩和峭壁之间的泳者。另外（由于仇恨是情感中最具戏剧效果的一种），小资女人说起话来像街头妇女，而平民妇女倒像是在舞台上演戏一般。

马切拉精疲力竭，又坐了下来。

"我对您已经仁至义尽了，"她说道，"送她出去，马西莫。叫她离开吧……"

有那么一会儿，她闭上双眼，清空了大脑，让里面只剩下一个闪着光的物体，只剩"咔哒"一声。她心想：我在博洛尼亚当护士的时候，有时会帮助亚历桑德罗从一个伤员的肺里或者肚子里取子弹。可我现在要做相反的事情：朝这个野蛮的女人开枪，杀了她，在她身上开个洞。管不了那么多了。别激动：现在还不是手抖的时候。卡洛，无论你是死是活，我们之间那个能把这小女人吓得脸色发白的秘密一直都在；那件你只敢勉强期待的事情，我会去完成它。你啊，毕竟只是个文人。

"是啊，我是照顾过他，"瓦娜·斯特沃的声音近乎温柔了起来，"我知道他身体差，他害怕（所有男人都是懦夫），他害怕会死掉……可我没有影响他，我没有掺和政治上的事情，我也没有逼他一步步走向失败，再甩掉他。您想过卡洛的感受没有？您想过孩子没有？您有没有想过，我在家里殚精竭虑地等待着，可从没有人过来敲门，连邮递员也没来过？我的母亲要么数着念珠祈祷，要么用纸牌掐算不幸是否会降临……我的父亲每天晚上回到家就抱怨买卖不好做，而他的钱其实只够给他那个英国婊子花……我的家庭从来无可指摘，可如今，每当街上有游行活动，我的家人都会因我而感到羞耻……圣母啊，"她像一个腼腆的女人情绪爆发时那样继续说道，"您能想象这样的生活吗？但凡我能忘记卡洛，我肯定会找到别的男人……或者哪怕我能换一种性格……今晚来到您这里时，我看到您和您的情人在一起……"

"哈，马西莫？真够荒唐的"，马切拉边说边发出一声短促得如同惊呼的强笑。

"那他是在您这里寄宿的？"

"我早就不对外租房了"，马切拉轻蔑地回答。

"够了，她也很痛苦"，马西莫低声说道。

接着，他向"对手"转过身去，推开了面前邮寄报纸用的封套。他刚刚为避免尴尬，在上面随手画了几个圆圈、方块和几棵棕榈树。

"我和卡洛在维也纳遇见的时候，卡洛经常提起你。他总说，瓦娜很美，美而不自知。他原本打算把孩子送到奥茨塔尔的疗养院里去治病……孩子最近怎么样了？"

"难道等她学会拄着拐杖慢慢走路了，我就能不这么痛苦了吗？他都没能跟我生出一个像其他孩子一样正常走路的孩子"，她半是嘲讽半是抱怨地说道。

在这些似乎只是在自说自话的人面前，她也开始吐露衷肠，说起了真心话，而她从未在家人面前这样做过。为了这个小女孩，她把钱都花在了玩具和给她看病上面，因此对她疼爱不起来；她对孩子过分的照料只是为了掩饰自己的羞耻感——耻于从自己的身体里出来的是一个行动困难、永远在没完没了生病的小东西——以及清晨当她躺在病孩床边时忽然袭来的绝望感，还有用枕头捂死孩子再自杀的念头，这疯狂、恼人又可怕的念头。

"给她治病的是我丈夫，对吧？"马切拉的声音几乎要温柔起来，"我就是在他那里认识了卡洛……天啊，真是好久以前的事情了！"

"卡洛很虚弱，也很沮丧，"马西莫忽然说道，"他刚刚给上面那位写了信，对他所谓的错误表示后悔。"

"不可能！"

"是真的，马切拉。晚报里都写了。"

"你相信他们的谎言吗？"

"有人给我看过那封信。"

"谁?"

她扑向了躺在桌子一角的报纸。

"是真的,"马西莫重复道,一边把手放在了她的肩上,"基本上都是真的。您之前给他提出的建议,他都接受了,斯特沃太太。"

瓦娜抓住马切拉丢给她的报纸,靠近灯,读了起来。另一边,马切拉的脸上渐渐失去血色,她的脸上却泛起了红晕。

"马西莫,你是什么时候知道的?"马切拉低声问道。

"今早。"

"你为什么不告诉我?"

"因为我心疼你。"

"他真的把名字供出来了?都有谁的名字?"

"两三个已经暴露的人。别担心了,他的信让那帮人比我们更为难。别让事态进一步恶化,马切拉,"他继续说道,同时密切注视着另一个忙于读报的女人,"放弃你的打算吧,他的情况可能已经够糟了,别火上浇油。等弄清了我们的处境,再行动。"

"我可什么都没告诉过你。"

"你比你自己想象得要透明。"

瓦娜此时容光焕发。她合上报纸，打开包，机械地补了补妆，就像一个准备出门约会的女人。

"可怜的女人，"他想，"她还以为很快就能再见到他了。"

片刻后，马切拉重新把自己封闭起来，双手抱着头。她心想：我不怪你。无论你是迫于怎样的威逼利诱才这样做，我都不在乎……他们最可恶的罪行，就是想要抹黑我们，想方设法逼我们屈服或者表现出屈服的样子，耍手段让任何人都不再清白无辜……这为我马上行动又提供了一个新的理由。为了报仇，为了赎罪……为了党，为了你，也为了我自己……我们所有人都只不过是工具而已，有的结实，有的不结实；工具如果坏了，不会有人怪它。

一声门铃响起，吓了她一跳。

"这么快！"

"肯定不是他们，"马西莫说道，"我去开门。"

"我不想让人发现你在这里，"她一边说，一边抓住他的胳膊。"快走！从卧室那边出去！"

"为什么?"

不过他只微微耸了耸肩，还是顺从地离开。她把他推进隔壁的房间，卡洛曾经就住在那里，经此便可从店铺的里间离开。面对这一出喜剧，瓦娜冷笑了起来。

门铃又不耐烦地响了一声。"不会是他们，"她心想，"他们不会这样按门铃。"门一开，她后退一步，惊叫了一声，这惊叫近乎惊恐，只不过不是她平时处于警惕状态中的那种惊恐，而仿佛是从她身上另一个部位发出来的。这位漫不经心的访客跟跄着走下从门口通往半地下厨房的台阶。这个男人身着晚礼服，不过，他极为自在的表现倒是让他在这地下墓穴般的氛围中显得没有那么格格不入。

"还说不租房了呢，"瓦娜傲慢地说道。

"我丈夫"，马切拉用瓦娜在相同情形下会使用的语气说出了这个词，带着一种粗鲁的炫耀语气，几乎有挑衅的味道。

"如果他有秘密要讲，那我建议他声音小一些。"

瓦娜随后摔门而去。

"这个疯婆子是谁？"

"你认识她：卡洛·斯特沃的妻子"，马切拉厉声答道。

现在，她把挑衅的态度转向了他。

"看来我到的正是时候……你刚好需要一位医生。我可以坐下吗？"

"可以。"

"我来的不是时候？"

"对。"

她站在那里，双手倚着桌子，不知不觉地摆出了一副被告的样子。亚历桑德罗·萨尔泰医生坐下来，收起了笑容，就像他在诊所时那样，开始了这次表面看来像是一次讯问的问诊。

"你情绪失控了。那个毒妇对你说了什么？"

"什么也没说。她是来打听消息的。"

"你给她提供消息了吗？"

"我知道的都写在晚报里了。我猜，你是来炫耀的吧？你想观察这场灾难对我的影响。没有的事。你可以走了，我一点也不难过。"

"我还有其他更好的理由来看望你。"他说道。

"我不太想知道。"

"我倒是很想告诉你。不过，首先，"他一边说，一边俯过身去，用手指碰了碰她，"我先确认一下，我认识的那个马切拉还活着。"

仅仅是这一下碰触，也让她像挨了他的打一般向后退去。

"别紧张……"他不由自主地拿起了医生在面对躲避注射的病人时那种不悦的腔调，"我没想吓你。你就从没好奇一下我这四年过得怎么样吗?"

"我根本不用好奇：你已经让自己声名鹊起了。你正在成为你想要成为的样子：医学权威，百万富翁和名人在必要时最先想到的那种。你参加了几次大型会议，你的照片出现在《法西斯医学第十年》上显眼的位置，你给政府某位重要人物做过手术，于是获得了'头号人物不可估量的青睐'。应该还不止这些吧? 我猜你的银行账户这四年来也收获颇丰吧。"

"我不明白你为什么就不能为我感到高兴，我明明也像工人一样靠双手吃饭。大师的双手"，他像一个重复陈词滥调的人一样，用讽刺的语气补充了一下，同时把双手伸到自己面前的烛光上面。

马切拉朝那双手瞥了一眼。

"我痛恨的就是你这种大师的技艺"，她说道，语速之快，仿佛这句话中的每一个词都在帮助她筑垒，以抵御他的进攻。"你感兴趣的不是科学。人性是……"

"省省你的大道理吧。"

"我不否认你很有才华，亚历桑德罗，我见过你工作的样子。但你的病人实际上都是在为你的一次成功或者一次实验买单的客人。拿人体做实验，"她继续辛辣地批评道，"这是你最热衷的消遣，即便在手术台之外也是如此。"

"别把一切说得那么简单，马切拉。用人的身体做实验，确实，但有时也用人的灵魂。"

他的胳膊支在桌子上，漫不经心地托着下巴，假装无意地观察着房间里的家居和物品。亚历桑德罗·萨尔泰医生拥有一张既没有表情又多变的面孔，与其说那是一张脸，倒不如说是一叠面具：一张是医生的面具，因专注而肌肉紧张，这并不是他的专属面具，他的不少同僚也在使用；一张是南方人那种被晒黑了的面具，有着罗马浮雕肖像的轮廓，两千多年来，这个民族一直保持着这样的面部轮廓；还有一张是享乐之人的面具，有时能从其他几张面具下面被人猜出来，这张面具更为隐蔽，因此也更具个性。最后，在亚历桑德罗·萨尔泰自认为孤身一人或者放下警惕的极少数时刻，能看到他真正的面孔浮现出来，那是一张冷酷、尖酸、被无情地摧残过的脸，他在生活中将这张脸隐藏起来，或许在死去的时候才会摆出来。

"但是，你对我的灵魂没兴趣。"她的声音有些颤抖。

"你确定吗？说实话，这个词在我的词典里已经过时了，在你的词典里也一样。继续说说我的情况，马切拉。我喜欢听我自己的传记。"

"还有什么可说的？"她说道，激动地接受了这个将仇恨一吐为快的机会。"你去年跟某位殿下在格罗塞托打猎；你要么撞坏、要么交换、要么卖掉了两三辆跑车；你到处跟漂亮姑娘睡觉；你还有过几个情人，就是那种穿着水貂皮大衣的招摇女人，在饭店和剧院里，从众人面前走过去时会被人小声说出名字。你糟蹋她们，肆意蹂躏她们，最后厌倦了她们……"

"那是为了向你致敬。"

"你从她们身上汲取感觉的刺激，包括危险的感觉。每当想到这一点，我都觉得这些女人在你的生活中与你的布加迪轿车无异。"

"你是说运输工具？"

"是的……所以我很快就受够了被你当成车来用。"

他注意到她微微地笑了一下，于是将此作为一种胜利。片刻后，他又继续乘胜追击：

"既然说到布加迪，可以看出，你还记得自己有一天晚上特意坚持步行到了圣马力诺。"

"我是不想白白送了性命。"

"那我就放心了。"他郑重地说道。

他站起身，一言不发地在房间里走了几步。

他说道："你知道吗，即便你伪装过自己的声音，我还是能闭着眼从你说话的方式里认出你来。我从中发现了十九世纪诗人对你的影响，他们是一群无可救药的蠢货，他们的作品充斥着你父亲的大脑和书房，你认为在卡洛身上也看到了他们的影子。我还看到了我对你的影响，至少我教会了你保持干净整洁的习惯，另外……你一直没变，马切拉。"

"我对你可不是这种印象。你变老了。"

"我只是透支了。相信我，变老的人就不会再透支自己了，而是会保养身体。透支是变老的反义词。你抽烟吗？"

"不抽。"

"我明白了：你已经戒了我的恶习。那这个盛满烟灰的烟灰缸是怎么回事？"

"别为了这么一点小事就卖弄您善于观察的才华"，她一边说着，一边把烟灰缸放进了洗碗槽。"我中午跟一个朋友吃饭来着。"

"那个姓伊阿科夫莱夫的毛头小子？"

"你派人监视我了？真贴心！"

"我是在关心你。你比你自己想象得更需要关心。你听我说，"他没有理会她的抗议，继续说道，"你想没想过，他们已经了解你的思想和你结交的朋友了，可你还能继续过着比较平静而且看上去自由的生活，这是为什么？我得为自己这四年来的付出讨个公道。"

"我明白了，"她尖刻地说道，"我会被关到利帕里岛上去吧，如果……那我倒要想一想，你这番善举背后有什么目的。"

她又坐了下来，双臂交叉着放在桌子上，收起下巴，只露出一副强硬和冷漠的姿态。

"我只是不想看到一个女人被流放到盐场去，终此一生……何况这个女人还是我的妻子。"他不无温柔地说道，同时摘下了自己的面具。"幸好我们国家的法律不承认离婚。我不想骗你说我多么想你，我承认，有时我也会反省自己是不是总能打好手里的牌……"

"这还用想？你本来有更好的选择，可你却娶了自己的护士。"

"是娶了我最好的护士。到现在也没有人能取代你，马切拉。"

"那你是想给我一份工作咯？"

"当然不是，"他说道，对她的讽刺报以恼怒，"另外，我也没想劝你回到咱们夫妻的小家去。你难道认为我一直很享受那种时好时坏的家庭氛围，享受你那通俗小说女主角式的美德爆发，享受你那从床下一直唠叨到床上的阶级仇恨言论……"

"你既然想让我乖乖做你的萨尔泰太太，就必然要喜欢这一切。"她说。

"我知道，"他说道，"是我失算了，还以为婚姻能让一个女人安分下来……一想到这个决定给我带来的家庭琐事的烦恼……不提了。就算我承认我确实有时表现得荒唐地苛刻或者愚蠢地精明……其实你也在算计。我很清楚，如果我没有能力帮助你父亲，这个被你伪装成伟人的尖酸刻薄的废物，你也不会为婚礼动心。"

"你没为他做任何事情。"她打断了他。

"他被免职后确实没有。那件事我始终没有插手。"

"那么，我猜，"她用一种尖锐得有些危险的声音说道，"婚礼后的第二天，一到戛纳，你就用你的一个老情人给我下马威，就是那个你在小十字架路上认识的化着浓妆的法国丑女人。这也是为了让我安分下来咯？"

"这还是在向你致敬，"他说道，又变回了那个过于放松的轻快语气，"只有极少数合法妻子才能让男人想迫切地把她介绍给自己的情人。"

"够了，亚历桑德罗！"她突然发难，带着一种灼人的悲痛，"不要把过去的事情简单地归为几次不足为奇的私生活丑闻。我们因政见不同而分道扬镳，仅此而已。我曾经以为我爱你。"

"不，不，"他说道，"一个男人和一个女人之间的政见不同从来只是一个糟糕的借口。你是了解我的，我还没有疯狂到不入党的程度。另外，打开天窗说亮话，这位试图打造一整个民族的建设者，我是真心地欣赏他。对成功过分追捧，没有比这更令人鄙夷的事情了。可成功毕竟从来只是暂时的，我也只是预见了这个时代：那位建设者会像所有赢家一样被写入这个时代的历史，只不过是以一个伟大输家的形象……同时，我对自己终生的好名声带来的实际利益也来者不拒。**这样一个成功的男人，你真的对他无动于衷吗？**"

"你别忘了，我见过他成功的样子，"她极为不屑地说道，"我父亲曾为了社会主义的荣耀而给他批改过他最初的几篇文章。"

"相信我，马切拉，有些学说会像被抛弃的妻子一样受到背叛：它们总是错的。难道我会为了营救一群像你父亲一样的狂热分子或者像卡洛·斯特沃一样的空想家，而冒险损害我来之不易的社会地位吗？我通过实验得来的一个教训便是：输家活该是输家。不过，想要从一个殉道者的情人口中听到一种关于政治必然性的公正观点，应该是不可能了。"

"我从来不是卡洛·斯特沃的情人。"

"我也觉得不是。你以为我不认识卡洛吗？今晚没人比我更有资格给他念悼词了。"

"什么？"

"是的，"他说道，"卡洛·斯特沃大约二十四小时前死在了利帕里岛上。"

"你连直接告诉我这个消息的勇气都没有吗？"她怒道，"是他们杀了他？"

"'杀'这个字眼不太适合用在一个仅剩六个月寿命的病人身上。不妨说他是自杀的。"

他等待着她的反应，然而她没有任何表现。于是他调整声调，以稍微缓和一下他刚才所述之事的残酷："他已经得偿所愿了。他……他是个空想家，这个词足以解释一切，至少对我来说如此，因为我深知现实从不会妥协。一个斯特沃只能扮演好一个角色，殉道者的角色。

但是，从某种意义上来说，他的死讯还是令我动容的。我们曾经有过联系，就在……我猜到有一个女人爱过他，爱过这个用心看待世界的热血之人。但凡你能来询问我的意见，"他已经因她长时间的沉默而恼怒，继续说道，"我一定会告诉你，斯特沃这种人是无法被塑造成实干家的，毕竟天鹅无法变成猛禽。自从你们相遇，即便是在他部分为了逃避你而旅居外国那段时间，依然有朋友告诉我，他们发现他似乎在刻意变成另一个人，已经失去了自我……他强迫自己变成你希望他成为的那个英雄。一旦一个人受到政府的怀疑，他就不会同意回到祖国去密谋什么荒唐的政变……也不会心一软就把自己的计划告诉一个偶然在维也纳一家餐馆邂逅的俄国或者捷克情人，何况这位小情人还是一个奸细。"

"不是这样的!"

"你有没有发现，他可能已经有所察觉了。卡洛也不是傻子。可他又被你卷进行动里，我猜他还因为无需动脑而感到高兴。他被你逼得走投无路，不得不行动，也就此心甘情愿地跳进了火坑。至于那个急于前往罗马与他会合的男孩（我一直密切关注着此事），就是你好心收留的那个男孩，我倒是愿意相信，一边花着你的钱一边收集情报，这并非他唯一的目的。如果不是爱着卡洛，一个人是不会和他长期来往的；如果不是爱着你，一个人也不会总来找你……那个小伙子之所以没有告诉你陷阱开始收网，很可能是因为他没有时间了，而且他也不能向自己爱着的人承认他一开始只是在欺骗她。另外，咱们这位马西莫也需要警察的钱来养着他的一个情人。"

"不是的！不是的！"

"这一点我可以肯定。一个面色相当憔悴的矮个子女人，她是我的病人。你生气了吗？你要是爱过他，那就有意思了。"

"你说够了没有？"她用嘲讽的口吻说道，"咱们还是回到卡洛·斯特沃的死上面来吧。如果你还知道其他细节，别瞒着我。"

他避而不答："我建议你别被想象力牵着鼻子走。我把听说的都告诉你了。"

她没有反驳。他又冒险拉了一会儿她的手。

"我刚刚接了一通电话。我之前是准备去巴尔博酒店前台的，我觉得最好还是由我来……"

"谢谢"，她本想让自己的声音略带轻蔑，却没能控制住流泪造成的哽咽。

"好了，亲爱的，我还以为你不会原谅他收回前言……"

"那封信是他们强迫他写的，"她怒喊道，"他们趁人之危，利用了一个将死之人的脆弱。你难道没看出来，一切要么被抹去，要么被他们抢先解释，要么被他们花钱摆平了？你还是去巴尔博酒店吧，去羞辱我们的殉道者，来换取你的成功！"

"让这事过去吧"，他厉声说道，同时对她这种套话和她真实的痛苦而感到愤怒。"别固执下去了。别再试图把这个不幸的男人说成英雄了。你自己也承认，你们对彼此来说什么也不是。现在你一天到晚都是孤身一人……你知道吗，我们在一起生活的每一分钟，我都十分珍惜，哪怕是那些争吵、那些无理取闹……别再让自己跟这些胆小鬼继续纠缠在一起了，好吗？"他迫切地想要把她的心从已死的卡洛那里夺回来，于是继续低声说道："唉，忘记那些陈词滥调、观念、党派和书籍吧……你还记得我们第一次外出约会吗？那是一个秋天的星期日，在莱焦蒙特……那一天，你还爱着我……"

"为你而疯狂。"

"都是一样的意思。"

他朝她俯过身去，双手箍住这张他熟悉的脸庞，微微托起它，将它拉向自己，准备亲吻。与其说他这是受到了某种心血来潮的欲望驱使，不如说是他早已下定决心要让这个执拗的女人屈服。她站起身，猛然推倒了椅子，同时拉灭了灯。她并非在防备他，而是在防备自己身体的不由自主，这身体像一颗心脏一般抽动着。她向后退去，穿着薄黑裙的身体背靠着墙，没有弯腰去捡滑落在地上的披肩。

"待在原地别动。"她冷声说道。

"你是害怕了吗？怕的是你自己？"他问道。

"我还爱着你，"她答道，"这样很可耻，但我确实还爱着你。你也清楚这一点。但一切都结束了。"

对彼此的告白令二人在对方面前都感到有些局促不安。她扶起了椅子，徒劳地摸索着灯绳。他走到床边，床头的上方是一张宗教画，也许是以前的房客钉在墙上的；这幅画的前面是一盏点亮的夜灯，在这个位置乃至这个房间里都显得有些突兀，却让夜晚的房间里布满了星星。

"你就睡在这儿？"

她做了一个肯定的手势。他向着床弯下腰去，轻轻地用手抚摸着被子，仿佛在抚摸一具身体的轮廓。马切拉在这勾起一段回忆的轻抚下颤抖着。忽然，医生的手指触碰到了一个藏在枕头下面的金属物体。她冲过去，把那东西从他手上夺过来。

"瞧瞧，"他说道，"这不正是从我莱焦蒙特的办公室消失的那一把么……上子弹了？"

"总之不是为了杀你。"她说道。

"是为了防身？这可不像你的风格。"

她沉默不语。他注意到，她连嘴唇都失去了血色。

"我没记错的话，你曾经坚信要为党奋斗终生，所以夸张地谴责自杀行为……"

"我不再谴责这种行为了，"她说道，"已经太多人被逼到自杀了。但如果真的想死，确实有更好的方法。"

"所以呢？"

她做了唯一一件出乎他意料的事情：她看了看表。他仿佛当头挨了一棒，想起了一本小册子，老阿尔代蒂在里面为被压迫者搞政治暗杀的权利进行了辩护。他不太确定，或者说是提前确知了她的意思，犹豫着到底要不要质问面前这位美杜莎，担心他的质问反倒会让她一时的闪念变成真正的意愿。他只是冒险问道：

"是为了……？"

"是的，"她答道，"就在今晚，演说期间。巴尔博酒店的阳台上。"

他作势要从她手里夺枪，但她把枪锁进了桌子的抽屉里。他几乎立刻就放弃了。

他心想：这是个圈套，我不会上当的。如果真要这么做，她是不会说出来的。

"这样做很愚蠢。"他说道。

而她表示："我知道你不会阻碍我的计划。承认吧，你热衷于毁灭。就像你自己说的，你对人性太好奇了，控制不住地想看我是否会一条路走到黑。而且，给警察打电话说你的妻子一小时后会试图枪杀恺撒，这样做很荒唐。"

"恺撒没有给我安排保护他生命的任务。"他说道，"你知道怎么射击吗？"

"你不记得了？"

两个人都笑了起来。

"一个士兵会抓住你的胳膊，然后子弹会错过目标，或者打进人群，击中某个看热闹的人。明天，报纸上会大肆赞颂恺撒面对危险时是多么英勇无畏。穷人就要为你的壮举买单，针对他们的措施会更为严苛。政府还会再驱逐一批外国人……这是你想要的吗？你就这么想被警卫当场用枪口顶着击毙，或者在警察局被乱枪打成筛子吗？"

"你可真爱操心！"她说道，"反正我证件的名字里还有你的姓氏。"

他心想：她疯了。她疯了，而且此时此刻她还在恨我。不能把她逼上绝路。其实，我的姓氏……

"你觉得卡洛·斯特沃会同意你的做法吗？"

"会。"

她思考了片刻，继续说道：

"不重要了。"

于是他明白了，想说服她，就如同想要说服一个物体，一件工具，一把武器。他思忖着：不能这么比较。她不是工具：这个念头是她自己想出来的。

"你什么时候想出这个计划的？"

"有时我觉得自己早就有这个想法了"，她说道。

争取时间。这样的紧张情绪不会持续太久。她几个小时后就会崩溃的，至少……和她待在一起，强行阻止她……不行。

他忽然产生了一个可怕的念头。而且，由于当前政府对于他来说只是一个需要适应却无需敬畏的现实，这个念头变得愈发强烈。今晚真的必然会发生什么事情吗？真的会发生**这件**事情吗？一边屏住呼吸，一边等待弹珠落入黑色的格子，或者红色的格子[1]。

"你知道让我不舒服的是什么吗？"她一边用更加轻蔑的口吻说着，一边坐回到桌子前面，"是这把偷来的枪。如果我杀了他，还要把功劳算在你头上。"

她从一个信封里随便拿出来几枚硬币和三张纸币，

---

1 概念来自赌场的轮盘游戏。

朝他推过去。

"收下吧，"她笑着说道，"算是物归原……"

那就玩到底。他想着，一边拿起一枚银色的硬币。

"如果你一再坚持，马切拉，"他职业性的温和语气中带着和解的态度，里面仿佛还注入了镇静剂，"我也能接受，向你递刀子的人自然也会担心给你带来厄运。你就只剩这些钱了吗？"

"连这些钱都用不了"，她说道。

他准备结束这次对话："答应我一件事。我不打算劝你——你的念头总会回来的，无论明天、后天，还是一周后。你就出门去吧，一直走到巴尔博酒店去（如果你真的能从人群中挤过去的话），拿你的决心或者你的力量去做实验。关于自由，我也有自己的看法……如果你失去了机会，失去了勇气，或者失去了信仰（相信我，没有什么信仰值得你为了它去杀人，更不值得你为了它赴死），你就想，有一个人会因此而出现在那里，在明亮的阳台的另一头，在丑陋的大厅内，在嘈杂的人群和端着酒杯的服务员中间，心情好到顾不上**对你没做成的那件事表示拍手称快**。我也会去那里。演说结束后，如果什么也没有发生，我会站在大道的入口，左边的人行道上，世界电影院的门前。"

"准备送我回来？"她生硬地笑了一声。

"是的，"他说道，"时刻准备着。"

他们朝门口走去。经过她让马西莫进入的那个房间门口时，亚历桑德罗漫不经心地拧了一下门把手。

他心想：如果里面有人，肯定是那个男孩。即便如此，又能怎样呢？

"还记得吗，你曾经很不赞成自杀，"他不由自主地降低声音说道，"这次就是在自杀。你完全没有胜算。"

她只是回答："我这条命的价值不过如此。"

这时他才意识到，他曾经以为了解这样的马切拉，实则不然；这项计划高于他们之间的爱和争吵，她这种视生命如草芥的英勇无畏来源于一种盲目拥护者的绝望，而非一种女性的悲伤。他想，卡洛的死在其中也几乎没有发挥什么作用。他的心中再一次涌起一股强烈的好奇，如果不是爱她心切，他也不会如此好奇。

他还想再试一次："英国那边有人给我提供了一个职位。如果……"

"不，"她在狭窄的走廊里不太情愿地紧贴着他的身体，说道，"我只求你不要背叛我。"

"你把我当成你那个俄国学生了吧"，他提高了嗓音。

他拿起了帽子。她本来想反驳他，但附近出现了其他人。有人上楼；他刚刚拉开一道缝隙的门足以让那些人的谈话和笑声传进来。他高声说道：

"今晚十点半，世界电影院对面见。"

她关上了门。他刚一走到外面就开始起疑：刚才演了一出烂戏。而她想的是：我不会再见到他了。

她犹豫了片刻，才又打开灯。真累啊，她心想，时间过得好慢……还要等上一个小时，或者差不多两个小时，特别是……她像吝啬鬼一样小心翼翼地节省着力气，几乎连思考都要省着用。她特意从洗碗槽上方的隔板上拿起梳子梳了梳头发，愉快地注意到自己的双手还算稳当。"亚历桑德罗"，她出于旧习，机械地高声重复着这几个已经一去不复返的音节。她找到了海绵，沾湿后按在自己的脸上；随后，她解开裙子上部的搭扣，擦洗了脖子和腋窝，态度之坚定，仿佛除了身体外，冷水还能净化她的血液和心灵。她心想：我最好换件衣服，这件的吊带已经断了……尽管十分疲惫，她仍然仔细聆听着隔壁房间里不易察觉的动静。亚历桑德罗猜到什么了？是……那孩子还待在那里吗？不可能。然而她却产生了一种强烈的羞耻感，仿佛她刚才是在与亚历桑德罗做爱，而不是交谈。她轻轻碰了碰隔墙：

"你还在吗？"

"在。"

她思考了片刻："等一下。我过去找你。"

她强迫自己思考着。他在偷听？真可恶。他是他们的人。亚历桑德罗的消息一直很准确。也可能，他曾经是他们的人。她又更正了一下自己的想法。她想尽办法让自己产生当下应该产生的反感，就像一个病人甩动麻木的肢体，却无法让它产生任何感觉。所以呢？……房间的空旷中充斥着马西莫的存在，她不久前还感觉自己在这空旷中飘来荡去。我早就知道，这种感觉就像我和卡洛之间的那种亲密……我猜我应该生气，不……是松了口气才对。她一边想着，一边推开了门：毕竟我有权利跟我喜欢的人度过最后一小时。

她走进房间，漆黑一片。房间深处却有一扇没装窗帘的窗户，勾勒出一片方形的白光；而这束来自街边路灯和玻璃窗的光里却又忽然掺入了初上的月光。床在房间阴暗的一侧。马西莫直接躺在满是樟脑味的床垫上；这种阴郁的味道引人联想起故人离开后整理房间时的味道，仿佛卡洛的鬼魂就在这个空荡荡的房间里。马西莫支起身体，如同挣扎着想离开底座的赫马佛洛狄忒斯雕像。他轻轻地说道：

"我都听见了。"

"你在监视我们吗？"她悲伤地问道。

"是……也不是……这么说吧，我只是不希望离开后就再也见不到你。"

她对他报以一阵呜咽。

"别哭……你看我哭了吗？也别觉得不好意思。首先，天已经晚了……你爱他，"他低声说道，但因情绪激动反而听上去像是喊出来的，"你爱**这个属于另一世界的男人吗？**你做不了自己的主……你无偿地把自己的秘密告诉了这个傲慢的蠢货，他深知自己不像我们这样疯狂，

111

也确信自己在客观地看待这个世界……哦，别怕：他不相信你会出手。他是担心了一阵子，但他最后还是不相信。"

"自从跟他谈过后，连我自己也有些不相信了"，她打断了他。

"可是我早就相信，我的犹滴[1]，自从我明白了你那几个关于枪械射程的傻问题，明白了你不时的沉默不语，明白了你那坚信自己今天凭一己之力就能做到的态度，我就相信你会出手。这些都不是你亲口告诉我的。我那段不堪的过去，你也早已经猜到了，对吧？对于一个刚刚二十二岁的人来说，'我的过去'这种说法也真是荒唐……你如果要从路边捡回一条狗，肯定要先弄清楚它是不是一身臭虫。"

"我怪你了吗？即便没有你，一切还会以相同的方式进行下去。"

她坐了下来。他们离得很近，只是仍然看不清彼此。他们与黑夜交谈着。

---

1 圣经次经《犹滴传》中的女主人公，以色列女英雄，设计刺杀亚述统帅赫罗弗尼斯，并斩下其头颅。

他忽然若有所思地问她："一个人的死亡，是不是很残酷的事情？"

"更残酷的是他在死前动摇了信仰，"她答道，"不过以我目前的处境来看，这也不重要了。"

他继续低声说道："你的仇恨……如果一个男人和一个女人像你们俩刚才那样相互羞辱，大家就会明白他们爱着彼此……另外，你也听到刚才那个满心仇恨又深爱卡洛的女人说的话了吧？你的仇恨……哦，我知道，你并不缺乏仇恨的理由：你的父亲（真奇怪，一谈到为死去的父亲报仇，就好像必须要上演一出古老的戏码）、卡洛，还有那个在台伯河畔被杀害的人（你知道我说的是谁），他的仇也还没报。如果这只是为了消灭墙上乱写的那些离谱得像谎言的文字，只是为了让那个向人群散播粗制滥造的口号的声音闭嘴……可这样做是不对的……你想杀掉恺撒，但你更想杀掉的是亚历桑德罗，还有我，还有你自己……清理门户；摆脱噩梦；像在戏剧里那样开枪，让布景在一片烟雾中倒塌；与这些根本不存在的人做个了断……"

"没有那么复杂，"她的声音中透出疲惫，"我在博洛尼亚当护士的时候，那些没人想做的脏活都是我来做的。普通人没有勇气做的事，总要有一个人来做。"

"⋯⋯这种人是不存在的。那个高高在上的人就像是一只被某个阶级的恐惧和一国人民的虚荣锤击的空心鼓，可他存在吗？你存在吗？你是想通过杀人来显示存在⋯⋯至于卡洛，他斗争过，然后屈服，求饶，或许还做了一些必要的事情，确保自己不再需要宽恕。他存在过吗？我们都只不过是撕碎的布片，是褪了色的破衣烂衫，是各种妥协的混合体⋯⋯真正受到偏爱的门徒不是油画里靠在主的肩上睡着的那一个，而是兜里装着三十枚银币上吊的那一个⋯⋯又或者他们合为了一体，是同一个人⋯⋯就像那些总幻想着自己是别人的人⋯⋯你幻想杀了人，或者被别人杀掉；你开了枪，而枪口指向的是自己。枪声会唤醒你：死亡于是降临。唤醒我们，这便是死亡降临在我们身上的方式。一小时后，你会梦醒吗？你会意识到你既杀不了人，也死不掉吗？"

她忍住哈欠，问道："这怎么可能？如果我没能打死他，他们肯定会打死我。"

114

她听到他在床上翻来覆去。

"所以你就拿上刀，夏洛特，坐上前往巴黎的马车，像个屠夫一样，朝着心脏猛刺一刀[1]。啊，杀戮，孕育生命，你们女人都擅长此道——这种血腥的行当。可你的牺牲无法拯救任何人。杀人，这只是你死去的一种方式。从前，"他停顿了一下，接着语速又像发癫或者吃了兴奋剂一样快，"从前，造反的女人去神庙里打碎伪神的神像，并在神像上吐口水，以此来确保自己会被判死刑……后来，如你所料，公共秩序得到了维护：她们被杀掉，而她们的墓穴上又建起了与神庙相像的教堂……这个男人，这个伪神，你不能杀。一旦他死掉，他就胜利了：他的死，相当于一种特殊荣誉……不过你也不在乎这一点……你唯一能做的就是在大家都表示同意时大喊反对……"他忽然大声感慨道："啊，我爱你。我永远也不会有足够的勇气，或者信仰，或者意愿，去做你做的事情。我爱你……复仇女神，我的圣女，我的女神，我们的爱便是憎恨，我们手握的所有正义便是复仇。让

---

1 指 1793 年法国没落贵族出身的女孩夏洛特·科黛刺杀革命家马拉的事件。

我亲吻你的双手，愿它们不要颤抖……"

他俯下身去，探出自己的双唇，沉醉在一种既真诚又倔强得义无反顾的情绪之中，一种幻想者和演员的情绪。她抽回双手，不知是出于害羞还是出于蔑视，却在此过程中轻轻地擦过他的脸庞。

"别想用这种东拉西扯让我忘记我正在思考的事情，"她说道，"信的事呢？"

"怎么了？"

"他们给你看过信，所以你同他们仍有联系。"

"卡洛早就知道这一点……你觉得一般人能这么快就脱身吗？我给你们提供的保护比你想象得多。"

一缕纤细的月光落入房间，不时被天空中飘过的乌云打断。他看到马切拉动了动，抬起了胳膊。

"你在干什么？"

"看表。不能去得太早，在原地干等着，容易被人注意到。我还有时间。"

她向后倒下去，头落在了枕头的一角。

"你想睡一会吗？要不要我一会儿叫醒你？"

"不用了，"她答道，"我还没那么信任你。"

时间过去了一分钟，在他们二人看来却是一场漫长的沉默。她最终提出了那个自从走进房间就一直令她欲言又止的问题："卡洛的死，你早就知道了？"

　　"不知道，"他低声回答，"我猜到了，但是我掌握的消息不比你多。"

　　"你觉得是他们杀了他吗？"

　　"谁知道呢？"他闷声说道，"够了……别再提这事了。"

　　"你知道我今晚的行动是对的。"她说道。

　　"不，"他思考了片刻，缓慢地说道，"无论如何，这样不对……我希望你活下去。"

　　他们握住彼此的手。

　　她刻意转移话题，连声音都几乎愉悦了起来："你知道我在想什么吗？我在想你那些复杂的谎言，你那还掺着一点真话的假话……亚历桑德罗……你……连卡洛都以为……就拿我父亲来说吧。是的，但我从来不是亚历桑德罗想象中那个英勇的女儿。亚历桑德罗啊……是的，我爱过他，我后悔爱过他，我也在这种后悔中挣扎过。但肉欲之爱或许没有人们想象得那么重要……"

"真的吗？"他贪婪地问道。

她心想：我在说谎。如此接近死亡的时刻，我仍然在说谎。没有比肉欲之爱更简单的事情了，毕竟亚历桑德罗也……我有时都不敢直视他……他跟那个去看病的姑娘之间是什么关系？真希望他的手指能轻抚我的身体，真想再往枕头上凑一凑，好让他的头碰到我的胸……可惜啊，我不能这么做。

"没有意义，"他苦涩地说道，"你去了也没有意义。他们会粉饰一切，为他们自己的利益颠倒黑白，甚至包括你的复仇计划。明天，他们就会说：一个疯子，一个狂热分子，某位杰出的 S. 医生的妻子……还有我，他们也会利用我来玷污你的名誉。"

她抽回了手，说道："这难道是我的错吗？"

接下来，他们只在长时间的沉默后才懒洋洋地跟彼此说上两句，就像候车室里躺在长椅上的旅客，一边等待列车的到来，一边消磨时间。

"一个孩子，"他似乎有些勉强地小声说着，"一个经历过饥饿、战争、逃亡和在边境被捕的孩子……一个见识过一切，却没有真正吃过苦的孩子。对于孩子来说，这只是一场游戏……一个学生，逃过课，接受过别人的救济，仍然在玩着生死游戏……一个被人调教得能适应一切的男孩。'就像那些没有希望的人一样……'直到我认识了你们，我才活明白。你也许真的能改变世界，因为你改变了我。"

"不，"她说道，"我没有改变你。你就是你。"

他坐起身，呼吸有些急促。微弱的月光下，他的头发和脸庞看上去像是用同一种娇弱和苍白的材料制作而成的。马切拉的脸同样镀上了一层大理石白。她把脸朝他转了过去。

"听着，"她像兄弟一般把一只手放在他的肩上，"刚才，在亚历桑德罗身边时，我瞬间忘记了一切。一切，包括卡洛和今晚的行动。而且发生了好几次……哦！虽然只是一瞬……我不比你更高尚，也不比你更纯洁。"

"你知道吗，"他低声说道，"有时我会想，是我们，是我们不再纯洁，是我们受到了侮辱，被洗劫一空，被玷污，是我们这些从来就一无所有的人又失去了一切，是我们这些不属于任何国家、任何政党（不！不！别反驳我）的人才会受人统治……我们这些不会被腐化的人，无法被欺骗的人……如果我们立刻开始——只有我们自己——建立一个不同的世界，一个会令其他世界纷纷倒塌的世界，一个没有请愿，没有暴行，尤其没有谎言的世界……一个人不杀人的世界。"

"你就像个孩子，"她温柔地说，并未刻意装出自己认真倾听或者听到他说话的样子，"我之所以信任你，就是因为你像个孩子。"

她像刚睡醒一样，伸了个懒腰。

她拿出一种吐露知心话的语气："我跟亚历桑德罗住在一起的时候，一直想要一个孩子。给他生一个孩子……你想想，这个孩子要在一帮法西斯狼崽子里长大……谢天谢地……真想要创造未来，可以有更好的办法。"

"未来，"他的声音里带着恼怒，忽然间充满了讽刺，"卡洛和你，你们俩，还有你们的子孙后代，你们将来的社会，你们的未来，你们美丽的未来，还有你们给受迫害者提供的寒酸的避难所……这一切已经让我够恼火的了。过一会儿，你走在路上时，看着街上那些人，你好好想一想，未来到底在不在这些人身上……没有未来可言……只有一个你想杀掉的男人，而这个男人即便死掉，也会重新站起来，就像在打木偶游戏里那样；这个男人还认为，只要重拳出击，就一定能打造出未来……你能听到欧洲各处都有人在回应他，这些充满仇恨的吼叫声昭示了我们的未来。还有卡洛，死去时声誉扫地，他或许也已不再相信未来；还有你，你那一刻钟的未来……我可能说错了，"他换了一种更现实的语气，同时俯下身去，把手表的表盘转向微弱的夜光，看了看时间，"九点四十……你挤不到前几排了，你这个能改变未来的行动，看样子要推迟到明天了。"

"你觉得自己很机灵吧，"她说道，"你真以为我会把确切的时间和确切的地点告诉亚历桑德罗吗？我会在小广场的出口等着……一个有雕像的隐蔽角落。"

他轻声说道："当面一套，背后一套，你也是这样。"

她站起身，似乎突然间急着要走。

他也站起身，说道："这样的话，你还得再干等一个小时。躺下吧，你累了。"他的语气中充满同情。

"别再坚持了，"她说道，"你为了让这次行动失败，已经尽力了。你知道一个人的力量是有限的，而我已经几乎倾尽了我的力量。可你有没有想过，如果我不去做这件事，我的整个人生，甚至包括我们今晚的亲密交谈，都会变得十分可笑？你好像是在嫉妒我的勇气。"

"但你没有收手的勇气。要不要我替你去？"

"可怜的孩子啊！"

他感到疲惫不堪，摸索着墙上的开关，想要让灯光喷射而出，让一切重新恢复它们原本平庸的面目，与英雄主义和危险毫不搭界的面目。她拦住了他。

"去那边之前，我还有一件事要搞清楚。卡洛从没跟我说起过你的事情。这……这是一种背叛。"

"啊，"他轻叹一声，"这种门徒之间的嫉妒心……我怎么知道？这些过去的事情就不要再提了吧。既然你不想让我开灯，那给我一支烟吧。你知道烟放在哪。"

她去隔壁房间取来了烟，交给他。借着打火机微弱的火光，马切拉的脸庞闪现了片刻，这脸庞不再冷若冰霜，而是有了人情味：一张女人的脸。

"该我来提问了，"他说道，"刚才，那个疯女人……她对你的责难其实并不是因为你丈夫。"

她的脸忽然红了起来；他关上了尚未熄灭的打火机的盖子，重新恢复了夜的黑。

"你比谁都清楚她在说谎"，她说道。

"你又怎么能知道我对此是否感到难过呢？"

"如果你当时是故意让我走进那个房间，那你可真是再成功不过了。"

她又去了厨房。他听到她开灯，打开又关上抽屉，关灯。等她回来时，头上裹着一条披巾。他们决定从佛斯卡路上的店门走出去。他们一起穿过店铺。忽然，他又重复起了亚历桑德罗方才已经用过的一套说辞："卡洛不会同意你犯罪的。"

"什么罪？"她不太明白；随后，她粗暴地说道："闭嘴吧你！你懂什么！"

他带着一股冰冷的愤怒心想：确实，她比我更了解他。

他们小心翼翼地重新打开了木门板，匆匆瞥了一眼面前这条空荡荡的街道。这条街如同一条夜河，被房屋构成的堤坝控制住了水流，模糊的路灯在其中像一条小船的舷灯一般飘忽不定。这条老街白天人群熙攘，到了夜里，又恢复了它庄重的本来面目。街上的某处，一扇打开的窗户里面，广播传出了一首流行歌曲中一段突兀又假惺惺的悲鸣。天上落下几滴雨点。马切拉停下来，在温暖的空气中浑身冰冷，如同刚下水的人一般打了一个寒战。我好孤独啊，她心想。她握着门把手，朝自己这位不太可靠的同伴转过身去："我刚才进去时，你不担心……我先杀了你吗？"

"不太担心，"他答道，"到了你现在这个地步，一般人是不会把子弹浪费在一只无关紧要的猎物身上的。"

她关上门。披巾的流苏被夹在了门板的缝隙里。她胡乱扯了几下，低声骂了一句。他帮她摆脱了尴尬。

她忽然轻声对他说："跟我永别吧。"

电光石火间，她吻了他。

我吻了一个死人，他心想。

这个对他来说几乎有些母子意味的吻，对她来说几乎有些乱伦的吻，让二人之间产生了一瞬间的悲情相通。他们随后立刻放下了各自的手臂。这个即将奔赴死亡的女人再一次痛苦地意识到，自己比他大了十岁。一个是无产阶级的费德尔，长着一张悲情而美丽的面庞；另一个是柏拉图派的费德尔，经常光顾维也纳大大小小的饭馆。两位费德尔[1]友好地牵着彼此的手，又走了一会。最后，她从这场梦中清醒过来，说道："不能让别人看到我们俩在一起。你去哪?"

他犹豫了片刻。她希望他主动提出跟在她身后同行，然后她再阻止他。可事实正相反："像平时一样，哪也不去。"

他们就此分别。然而他却跟着她，远远地跟着，保持着她无法察觉的距离，因为他确信她一定会完成行动，可他唯一能肯定的也只有这种在梦里才会产生的荒谬的确信。她走得很快，渐渐与他拉开距离，沉默地迈着大步，仿佛已经开始走起了死后亡灵的步伐。她拐上了一条主干道；行人越来越多，一个个如同虚妄的鬼魂、不结实的气泡、人形麦秆，被一个巨大的声音抽吸过去。这条冥河越来越宽，沿着两侧建筑黑色的外墙，在意想不到的蜿蜒中曲折向前，河中是一道又一道由溺毙者构

---

1 欧里庇得斯的悲剧作品《希波吕托斯》中的人物，是雅典国王忒修斯的妻子。爱神阿芙洛狄特受到雅典国王与前妻的儿子希波吕托斯的藐视，出于报复心理，让雅典国王的现任妻子费德尔爱上了希波吕托斯。法国著名剧作家拉辛后来以此悲剧为原型创作了戏剧《费德尔》。

成的水流，这些人自以为还活着，实则已了无生气。她走着，像是冥界的希腊人，又像是狄斯城[1]里的天主教徒，身上背负着如同人类历史般古老的重担，在某个街角或许还会碰到其他游荡者，因他们的信仰和仇恨而受到孤立，梦想着有一天自己亲手或者看着他人去完成她今晚要尝试的行动。然而在她眼里，这些人不过是平庸的散步者；在他们眼里，她也只是普通路人。这是因为正义之神们在祂们的肉身装扮下无法认出彼此。雨忽然大起来，她单薄的夏裙紧贴在身上；像一位焦虑的母亲一样，她想起马西莫穿得不多。最后，这个年轻男子的形象从她的记忆中消失了；她比以往更加孤独地继续前行，越来越快地冲破夜幕。狂风暴雨已经让人群潮水般涌回家中，她却视而不见，听而不闻。她想起了自己的父亲，又想起了卡洛，如同想起两个很久以前便已深埋地下的死者一般，内心毫无波澜；当信仰转化为行动时，就不必再为这种对他人的忠诚所累了。世界电影院的四周空无一人；亚历桑德罗还没去那边等着她，或者可能

---

1 但丁《神曲·地狱篇》第八首中出现的一座地狱城池。

已经不想等她了。他的房子离得不远，他或许就在家里；她只需走上楼梯，让他给她开门，回到原先的房间。那里的床熟悉她的身体，那里的镜子也熟悉她的轮廓。这幅她早已放弃的欲望的画面并没有冲击她的心灵，而是调转了方向，朝深海飘去，最终消失在遗忘之中。她从肉体中解脱，只剩下一股力量。无论是促使她行动的理由，还是牵制她行动的理由，它们都被这次行动的紧迫性丢到了看不见的地方：这次行动是致命的，并且已经变得无可避免，因此它完全有理由像生活中的日常一样显得荒唐可笑。

又一轮倾盆大雨搅乱了黑夜；路灯的光在雨幕后摇摆不定；阳台上的旗帜像短暂暴雨中小船的船帆一样噼啪作响。滂沱而下的雨水逐渐淹没了巴尔博广场上演说最后的回声、掌声以及喊叫过后的沉默。马切拉站在大道的一角，看了一眼插满旗帜的酒店外墙，还有凉廊——那里的人群刚刚听完领袖的演说就被这场天降之乱驱散——以及广场，那里的汽车尝试着在被溅了一身脏水的人群中开出一条路来，车灯被水汽所笼罩。她向右边走去，绕过街角，沿着小小的圣-让-殉道者广场前

约翰·艾佛雷特·米莱斯:《奥菲利亚》

行。她像一只行走在夜间的大猫，弓着腰溜到朝向酒店一角的教堂大门附近，跳上一座雕像的底座，贴在雕像后面，挤进黑夜中雕像和墙之间的窄缝里。从这个地方，她得以俯视几米开外的酒店门口。几名司机和警察在门前等待着，被暴雨挡住了视线。坏天气帮了她一把，分散了安保人员的注意力。雨水没有落到她身上，只在她四周跳来跳去；她十分疲惫，只怕开枪太早或太晚，脑子里不由自主地回想着曾帮她给枪上油的那位军械师的名字。酒店的门忽然打开了，一辆车的发动机与暴雨声相互争鸣着；一小群显要人物用致意和微笑道着别，她毫不费力地在这群人中认出了她选中的目标。然而她经历的这一刻和她之前想象得并不一样。她原本以为会看到一个身着制服的男人，扬起下巴，面对人民，用他的目光震慑着人群；而眼前的这个男人穿着晚礼服，正低下头准备回到车上。她紧抓着谋杀的念头不放，如同一个海难中的人抓住沉船上唯一一个牢固的位置一般，抬起胳膊，开枪，错失了目标。

引座员拿着手电,照亮了包间的地板。安吉奥拉摘掉长皮手套,让它们像两只死人的手一样耷拉在一旁;随后,她把大衣挂在椅子背上,把胳膊支在桌子上,开始欣赏安吉奥拉·菲戴斯。

晚宴刚一结束,她就一个人从恺撒酒店的会客厅里跑了出来。幸运的是,朱尼厄斯·斯坦爵士对那些探索世界的前辈满怀敬意,刚一到罗马就拿出好几个小时来回顾历史:他的双脚已走得发烫,导游的夸夸其谈也让他头昏脑涨到把尤里乌斯·恺撒和尤里乌斯都能搞混;他慢悠悠地走在博物馆里,仿佛走在火车站的大厅里——一座漫无边际的大理石火车站,人们由此奔赴时间的各个方向。另外,尽管他十分欣赏这个国家的领袖,可要是在一个由官方演说和公共庆典活动组成的夜晚,在这样的城市里散步,他其实并不太感兴趣:没人知道这样的活动会如何收场。他精疲力竭地倒在一张大皮椅上，半睡半醒地听着华尔街或者伦敦证券交易所的新闻——这才是他的卡比托利欧山和泰皮恩悬崖[1]。记者们还不知道安吉奥拉·菲戴斯已抵达罗马；因此，安吉奥拉今晚得以把自己的身心全部献给这个让她心跳不已的女人。正是为了这个女人，安吉奥拉才精心梳妆打扮一番，戴上了珍珠项链，还在脖子上围了一条多余的毛皮；她没有在罗马街头徒步游逛，而是叫了一辆车，以便更舒适地享受与这个幻影亲密无间的时光。她让司机把她送到小圣玛丽教堂的门廊前，安吉奥拉·菲戴斯曾常来这里祈祷；她走到佛斯卡路上，寻找着她热爱的那个女人，想把专为那个女人而戴的项链、穿的水貂皮、镶着金丝的鞋都送给她。每个街角都挂着安吉奥拉·菲戴斯的海报，她在上面用猩红的双唇摆出一个鬼脸。安吉奥拉希望在这些海报上认出当年那个为了看晚场电影攒钱的小姑娘。她大胆地走进了偶像曾居住过的阴暗大楼的庭院里，然而，夜间从大楼的各个房间里飘出来的哭声、

---

1 罗马的两处景点，暗指金融才是爵士的兴趣所在。

喊叫声，鸡飞狗跳的琐事，尤其是担心不巧碰到肥胖的姐姐时的尴尬，令她没有勇气走上楼去：她看着那扇窗户就已经满足了，安吉奥拉·菲戴斯还是个小女孩的时候，经常把头发乱糟糟的脑袋抵在那扇窗户上，梦想着她尚未拥有的东西。雨点顺着安吉奥拉的脖子流下来，如同一个没有得到安慰的孩子流下的泪水一般温热。一个胖得走了样的女人坐在楼门口，粗鲁地询问这位陌生的有钱人来这栋穷人的公寓做什么。安吉奥拉有些狼狈地回到车上，告诉司机一个影厅的地址，她有信心能在那里看到安吉奥拉·菲戴斯。司机躲过了警察，躲过了因暴雨而涌回家里的嘈杂人群，把车停在一条行人稀少的小路上，不远处就是一扇灯光耀眼的大门，上面张贴着女人的头像，比一般人更大也更秀色可餐的头像，挑逗地露出香肩。安吉奥拉在售票处——电影人物与我们的中间人——买了一张票。她坐在伸手不见五指的包厢里，就像坐在一个小房间，关了灯，以便更好地享受与某个人独处的时光。

　　神奇小屋的墙壁忽然倒塌：风呼呼地吹，却没有给这座充满幽灵的洞穴带来一丝气流，因为这些幽灵本身就是风的影子。影厅如同一条通向宇宙的隧道。独裁者为一场罗马艺术展举行了开幕式；因种族出身而被判有罪的犹太人偷偷穿过帝国的边境；蒙古的沙漠上响起阵阵炮声。安吉奥拉闭上眼，让这些被时间蚕食了一半的残余的"功勋"鱼贯而过。接下来的几周时间里，它们还将传遍世界，偏离初衷，最终如落叶般腐朽。她来到这里并不是为了欣赏宇宙和上帝影业公司花大价钱拍摄的这些平庸的片段。一串笑声在模糊的人群中迭起：一个小丑刚刚摔倒在地，没能拿到他以为肯定可以抓住的东西——有些人终其一生都在做这种事情。最终，她自己的声音如同回声一般，被白色的幕墙弹了回来。安吉奥拉·菲戴斯巨大的脸庞仿佛阳光照耀下的地球，缓慢地随着黑夜而动，浸润在一种柔和的明暗对比之中，如同浸润在她自己呼出的水汽之中，她的鬓角和前额处是一片阴暗的森林，两颊在线条柔和的颧骨映衬下如山峦般起伏，眼如碧湖，唇间的缝隙通往体内的深渊。安吉奥拉就像对着镜子一般，抬起手来调整安吉奥拉·菲戴斯落到前额上的一缕头发，却忘记她自己早已改变了发型。从某种意义上来说，她看到的只是一个死人。这间神奇小屋就像人类记忆的简略复制品，它能为她重建的，只有过去的记忆。从某种不那么愚蠢的意义上来说，呈现在她面前的是一个吸血鬼：这个浑身苍白的怪物吸光了安吉奥拉的血，却无法化为肉身。摄像机赋予了这个分身有术的幽灵一种永生的假象，却无法真正帮她逃离死亡。为了这个幽灵，安吉奥拉献出了一切。她极尽所能地利用自己的悲伤，好让安吉奥拉·菲戴斯学会哭泣，或者让她学会在微笑中略带不屑。她曾经的少女梦中就满是这个更幸福、更完美的安吉奥拉的形象；后来，她把自己当成那个安吉奥拉，并以此为傲，就像情人错觉自己能与所爱之人合为一体一样。即便面临死亡，她也会努力模仿安吉奥拉·菲戴斯的死状。安吉奥拉·菲戴斯于她来说还是一个竞争对手。对于这个极具诱惑力、又不能生活在阳光下的女人，她默默地渴望着，却没有——或者几乎没有——得到任何回报。她就像女版的那喀索斯[1]，身处光波而非水波的边缘，徒劳地在安吉奥拉·菲戴斯的映像中寻找着自己。

---

1 希腊神话中的自恋者，因在湖边爱上了自己的倒影而舍不得离开，整日与倒影为伴，最终灯尽油枯而死。

她唱起了歌：巨大的嘴张开，如同一张古代面具，随之而来的便是一出出悲剧。一名观众鼓起了掌，无法相信这张表情丰富的面孔竟然没有任何听力。安吉奥拉下意识地哼唱起安吉奥拉·菲戴斯高声演唱的歌曲。她微笑着，再一次为自己这个怪物而着迷：她的微笑只是她那位碰触不到的偶像的苍白复制品。一声笛子的颤音腾空而起，如同一只爬行动物的舌头般尖利：她开始翩翩起舞。安吉奥拉成为这个投射在世界幕墙上的巨大影子的载体。她一动不动地看着自己的肌肉、骨骼和肌肤的影子四下游荡。一截肩膀，以及半裸的腹部首先出现，又从空荡的银幕上消失，轮流在黑暗中起起伏伏。安吉奥拉坐在包厢深处，被这发情毒蛇般的微微抖动摄住，如同与伊甸园的蛇合为一体的夏娃。

出现了一座长满棕榈树的岛屿，岛屿四周的地中海令人联想到太平洋。人们听出了浪涛声，但是没有辨认出浪涛的颜色：日光的视效变换成了月光的视效。阿尔热尼布，或者说其扮演者安吉奥拉·菲戴斯——因为没有角色能掩饰她真正的个性，也没有服装能真正遮盖住她的胴体——在不算太茂盛的石榴园里采摘着果实；果汁没有染红菜刀的刀刃：这些石榴是为幽灵提供的。阿尔热尼布的父亲溺水而亡，把女儿留给一位好心的摩尔人来照顾；而现实中的鲁杰罗老爷还在疯人院里过着单调的生活，形容黯淡的罗萨莉亚当年出于对妹妹的深爱，教会了她如何自爱，如今或许还住在佛斯卡路一栋大楼里的三居室里，厨房在顶层。至于安吉奥拉，她可不是一个愿意受家庭拖累的女人，因为这个家庭会破坏她将自己的往昔生活美化之后的样子。

阿尔热尼布与一位英国军官初次见面时，在花朵盛开的木槿树下接了吻。安吉奥拉的初恋并不是英国人，也不是个穿制服的：他是巴勒莫的一个裁缝，邀请她去店里参观他的布料；商店后间并不算昏暗，安吉奥拉回想起当时全身赤裸的自己因为长裤上的破洞而感到羞愧。阿尔热尼布因萨乌斯西勋爵的离去而倍感绝望，于是委身于圣母，躲进了一间小教堂，里面的修女个个妆容精致。安吉奥拉则是被强行送进了佛罗伦萨的一间寄宿学校，并十分痛恨里面那些面色灰暗的修女。这部醉人却又很有分寸的电影通过了各种审查，影片中没有提到的是，花季的阿尔热尼布在逃学期间，也许曾在阿多拉广场或者圣米尼亚托的小树林里，像安吉奥拉一样讨好过一些陌生人；安吉奥拉自己对这样的记忆倒是有些遮遮掩掩。阿尔热尼布在一片玫瑰色背光照射下的沙滩上遇见了一位法国画家，他头戴一顶浪漫的毡帽，轻轻拂去她脸上闪烁的泪珠。如果换作是安吉奥拉，在这位笔触细腻又颇懂女人心的艺术家身边，她会心甘情愿地忍受他的不忠带给她的苦恼；然而不幸的是，在她仍然懂得感恩的年纪，命运却给她安排了保罗·法里纳；年轻的特拉帕尼侯爵因为懦弱而抛弃了安吉奥拉之后，保罗·法里纳又因为愚蠢把她娶回家。阿尔热尼布抛弃了她慷慨但贫穷的靠山，转而投入了一位一口白牙的印度贵族的怀抱，这位贵族是英国人的死敌，而且把她也拉进了自己的间谍活动中；安吉奥拉在一位满嘴金牙的男高音的陪伴下从她和丈夫的家中逃走。阿尔热尼布在伦敦的一间酒吧里一枪打死了情报处的处长；安吉奥拉也在片场挥舞过好几次勃朗宁手枪和匕首，然而阿尔热尼布面对的是不忠之人和叛徒，安吉奥拉面前只有演员。阿尔热尼布化装成一位印度寺院的舞女，跪拜湿婆神像，把安吉奥拉·菲戴斯那线条分明的臀部呈现在观众眼前。在官邸的一次宴会期间，阿尔热尼布轻轻地溜进了一位英国少校的办公室，偷取一份秘密文件。一扇门打开了，风扇的气流吹散了这些国家文件。萨乌斯西勋爵那张希腊人的侧脸和他手中的灯出现在黑暗之中。阿尔热尼布转过身，感觉到这个陌生人把一只手放在了她的肩上……

安吉奥拉来到电影院不久后，一个男人也进入了包厢；借着引座员的手电光，她隐约看到一片白色的衬胸，还有一张略显衰老的英俊面庞——与衬胸对比之下显得有些发灰。他只是进来避雨的：这样的夜晚，在人挤人的雨中，要打到一辆出租车，想都别想。一位女观众的在场打扰了他的清净，令他感到恼火；他挑了一个最远的位子坐下，然而和她距离仍然很近。其实，让他无法回家的并非这场大雨。与马切拉分别后，亚历桑德罗立刻就坐车前往巴尔博酒店。尽管不愿承认，他仍然确信会有事情发生，于是他快速穿过酒店金碧辉煌的厅室，里面挤满了身穿制服和晚礼服的男男女女。他站在广场入口的隔离带上，随时准备着保护那个他无法赞同甚至十分反对的女人，有点像一个对任何神祇都无动于衷的怀疑论者出于真爱与一位面对猛兽的基督教徒站在一边。他荒唐地想要在人潮中认出她的脸；头顶是越来越阴沉的天空，在一句接一句的呐喊声中，在一个接一个举起的拳头之间，在大汗淋漓的人群的热情下，他为那声突兀的枪响时而感到担忧，时而内心燃起希望，时而又彻底绝望。这场比往常稍长一些的演说，在暴雨下的喝彩声中结束。他在忙着四下躲雨的拥挤人群中间穿行，强迫自己不要错过与马切拉在世界电影院门廊下的约见。片刻后，他又放弃了这次荒唐的等待：马切拉不太可能亲自前去向他宣告自己的失败，她应该会回到自己家中，扑倒在床上痛哭或者睡着。他猜想，这样的耻辱会让一个女人回归现实，回归爱；他也许还会发现，她跑到了他家，站在门口，和她的失败一样憔悴无力，承认自己的懦弱，从而变得和他所有的情人别无二致；想到这里，他感到一阵厌烦，便也发现他自己爱的其实正是她那股勇气，那股她终究还是不具备的勇气。

引座员关上门，包厢里重又一片黑暗；墙上一盏红色的小灯让亚历桑德罗想起了马切拉床头悬挂的小夜灯。

他想熄灭这盏灯，于是干脆闭上了眼。这一系列事端让他的夜晚变成了一场荒诞的噩梦，而他正是以此来惩罚自己。这场雨把他赶到了电影院的门廊下，最终赶进了这间影厅，他认为这未尝不是一件好事，至少这里足够昏暗。也许，马切拉编造出这个计划，只是为了哄骗他，摆脱他；他想象着她坐在床上，坐在马西莫身边，坐在已被马西莫变成某种圣像的洛雷托圣母画像下面，与马西莫一同嘲笑着他对她的轻信；他把这幅画面从脑海中赶出去，并非因为它不是事实，而是因为他再也无法承受。

他睁开眼：影厅里回荡的喝彩声仿佛在他的记忆中响起；面对这场一再重复的噩梦，他攥紧了拳头；他人生的影片开始倒放：飘荡的旗帜反复拂过建筑的石墙；一个矮胖的大人物煽动着人群的热情；亚历桑德罗从椅子上欠起身来，在每一句话结束时都期待着一声枪响，却忽然想起，鬼魂是无法射杀的。他刚刚经历的不是现时，而是一周前的一条新闻。这是一场鸦片吸食者的大会，那些人张着嘴，如同在吸食他们的梦，在沉沉睡去之前反复回想着一周大事件——比如这些夜里会出现在半梦半醒间的现实片段。即将入睡时的幻觉像动画片一样展开：一些形容可笑的人物，比人类轻盈一些，相互追逐着，又像亚历桑德罗在可怜的等待中生出的恐惧、热情、愤怒和讽刺一般不断萌生着。梦的高潮涌入了影厅，随之而来的是残存的记忆碎片和一大堆梦的符号。一个小丑撞上了空气，摔倒在地，如同撞在一个缺席之人身上的亚历桑德罗。女英雄一枪杀死了自己的敌人：流出来的血是血红蛋白的颜色。这部影片和生活之间唯一的区别在于，这里的观众知道自己被影片所欺骗。没有暴君，因为没有反抗者；没有生命，只有一系列孤立的人物，每个人物的动作都戛然而止，再由高速串联起来，显出真人的假象；没有死去的人，只有演员的影子。一切都只是欺骗，是扁平的手势，是一个有声画面上的夸张描绘。一个女人翩然起舞，然而她只是个假人，因为没人能触得到她：一个虚幻的维纳斯从波浪的涌动中诞生。她同样半裸着身体，只不过这一次离得很近，温润，伸手可及，身上反射着微光——来自血液从画面深处投射出来的秘密阳光；一个少女充满生气的肩膀挡住了银幕的一部分，成为将亚历桑德罗·萨尔泰和如此众多的鬼魂分隔开的唯一一道壁垒。亚历桑德罗像片中男演员在黑暗中的替身一般，下意识地模仿着他的果敢，把手轻轻地放在这娇嫩的肉体上面，与其说这是一个充满肉欲的动作，不如说是一个海上遇难者的求生之举。

　　经过黑夜洗礼的肩膀轻轻地颤动着，如同一块随着海浪而动的礁石。她忽然停止颤抖，似乎是在轻触之下伪装出一副无动于衷的样子。安吉奥拉的身体僵硬起来，但并没有反抗，而是继续扮演着这样的角色，让步于她的影身所激起的欲望。身边的这个陌生人与她一同欺骗着她自己，让她感觉自己仿佛在排挤着一个竞争对手；在这个不知名的女人旁边，他报复着另一个缺席的女人。他沿着这具身体寻找着欲望的刺激点，并再一次发现爱抚的动作中包含的医学意义：这个渐渐被肉欲征服的女人，她放松的表现几乎无异于一个病人的惊动、痉挛或者顺从。他赶快抛下这个败坏兴致的念头，将注意力集中于与这具身体接触的感觉上面，他已快要占有这具身体，占有这只像一株海洋植物一般微微颤动的手。银幕如同私密空间里一面天花板上的镜子，在他们面前投射出一对模糊的夫妻：镜子变得越来越大，将将折射出一个巨大的亲吻，一个如同花儿般开放的亲吻，利用嘴唇和眼皮之间那狭窄的空间，精练地表现出两具身体彼此紧贴的样子，令人浮想联翩。进一步放大后，这两张脸像原子的运动轨迹般分解开来，对这个亲吻表现得无动于衷，就像我们面对星辰无尽的爱时那般冷漠。安吉奥拉仰着头，闭上眼睛，血液的星星在她眼中舞蹈。阿尔热尼布认出了萨乌斯西勋爵：两个被英国警方追捕的有情人来到了海边。独木舟在一片与地中海相似的太平洋上沉没，两个逃亡的人一同殒命。激烈的欢愉之浪逐渐平息，退去，将两具溺亡的身体留在岸边。安吉奥拉把身边这个已经想要松开她的男人搂得更紧了一些；亚历桑德罗脱开身，在走出忘我之际忽然冒出的一个念头让他平静下来。这幕愚蠢的剧本在片刻间呈现出了他自己的荒谬、他隐秘的渴望：就在刚刚，他产生了与马切拉一同步入死亡高潮的愿望。银幕中，平复的海面铺开来，很快又被一阵夜间的海浪淹没。接着，迸发出一片黄色的光，照耀着来来往往的活人。亚历桑德罗只看到一个化着浓妆的女人，站在他面前，正举着化妆镜整理仪容，准备离开。

在她开口之前，他发现这个女人的举止有些生硬，衣着看上去像外国人，可能是美国人，那种一边旅行一边四处留情的得意游客。像所有努力追求好莱坞式妆容和气质的女人一样，她也想尽办法把自己打扮得像安吉奥拉·菲戴斯。然而，她的外表虽然美丽却十分平庸，远没有刚才片中的杰出女演员那般富有表现力。真正的安吉奥拉能够精妙地模仿激情，也应该能够感受和唤起激情。然而，面前这个轻佻的陌生女人，是不会让男人情愿为之奉献一生的那种类型。

虽然他瞧不起她，但又感激她给了他一个机会，让他得以借她来蔑视所有女人，然而他还是对她刚刚给予他的肉体欢愉表示尊重。电影中的英语对于他和很多同龄男人来说，是一种爱情密语。他大胆地说道："谢谢你，亲爱的。刚才很美好[1]。"

她一边继续涂着口红，一边用英语回答："亲爱的，不要觉得我对所有男人都是如此。"

他已预料到这句谎言，这样的蠢话让他恼火。又是

---

1 原文为英语。

一个想要在每个男人身上找到第一个情人——或者初恋——影子的女人。

他生气地说道："我不需要您的解释。"

她没有说话，只是轻咽了一下口水，这令她看上去有些哀婉动人。又是一个仅凭一刻钟的亲密就敢表现得傲慢、粗俗或者油腻的男人。最好还是不要跟这样一个陌生路人有什么交情，说不好他明天就能让她卷入一场可疑的金融交易，或者给朱尼厄斯爵士写匿名信。只有在电影里，恋人们才会义无反顾地投入能够持续一生——也就是直到影片结束——的激情之中。这个陌生人比萨乌斯西勋爵看上去还不真实。

她问道："这部电影挺愚蠢的，不是吗？"

他苦涩地答道："是啊，**像一切一样蠢**。"

英语成了二人中间的一道障碍，而他们已不再尝试跨越过去。他并没有发现她的英语和他一样糟糕。

"美国人？"

她表示肯定。这也不算说谎，如果她成功解除自己那段荒唐的婚姻、嫁给朱尼厄斯爵士的话，虽然朱尼厄斯爵士其实是澳大利亚人。金钱（或者说如今充当金钱的纸片），加上一个封号的诱惑力——这个封号和她成为"影子演员"的荣誉一样刚刚到手——对于一个只会模仿生活的女人来说，没有比这些周日小报读者乐于见到的表面功夫更好的手段了。安吉奥拉总能在别人身上引起强烈的情绪波动，她自己却无法真切地体会这些情绪：她真实人生中的几段爱情都像她唯一的孩子一样流产了。面对巴勒莫的第一个情人时，她模仿出一种玩世不恭的态度；在特拉帕尼的托尼奥身边，她又戴上清纯的面具；当保罗·法里纳向她求婚时，她的面色尚未从失血过多中恢复过来，便借势假装自己已经悔改；当她离开法里纳，追随她那个在乡下演戏的歌剧演员而去的时候，她以为装出自责的样子就可以了。在的黎波里，成为妓女的她接受了某部电影中的一个龙套角色，在 AFA 的资助者朱尼厄斯·斯坦爵士面前，摆出一副忧伤的表情。而在这里，在这个首次出现的男人身边，她又只能模仿爱情的样子。

"意大利人？"

"对，路过罗马。"

说谎，切断与他人之间的联系，像走进一座岛屿的深处一般陷入谎言。女人是什么？他会放任自己被一双假装忧伤的眼睛所蒙蔽吗？这间已经走了一半人的影厅，在电灯的洗礼下，已经把刚才那些光怪陆离的画面抛在脑后。

她看着他，心想：至少，我这次运气不算太坏——这个人不错。不过还是希望他别猜到我的身份。

"我们还会见面吗？"他没有底气地问道。

"不可能了。"

他没有坚持。两个人当下都只想独处。她把心形的小镜子放回了包里。他帮她穿上大衣：这件带毛领的缎面大衣让他不无温柔地想起了她身体的秘密。回归现实的观众们涌向门口。他们来到这里是为了满足自己追求浪漫和不幸的粗俗品位，而他感觉自己仿佛不像往常那样疏远这些普通人。安吉奥拉思考着今晚这些人中有多少会在梦中再见到她。他高傲地走在这个女人身边，注意到不时有人回头看她，或者看她的珍珠项链。

"我给您叫一辆出租车？"

"我有车。"

雨停了。司机在一条单行的小路上等待着。她要俯下身才能上车。透过低处的镜子，亚历桑德罗只能看到这个再平凡不过的情人脸上一个悲伤得恰到好处的微笑，和她那两只正在戴手套的纤纤玉手。如果马切拉今晚回到他身边（理智告诫他这不可能），他会痛恨自己为了眼前这个精神不太正常的女人，这个欺骗他的模仿者，去打扰马切拉的生活。他的脑海中更真实地呈现着他那空荡荡的公寓，他摊在扶手椅上，一只手拿着裁纸刀，另一只手里是一本杂志或者一篇外科学论文，每看一行都要为自己荒唐地轻信这个女人而自责不已。他必须想办法尽可能晚回家。

"美丽的玫瑰，美丽的康乃馨，美丽的玫瑰……"

"等一下"，他对司机说道。

就在他把玫瑰的钱递到卖花老妇干枯的手中时，六七个穿着深色衬衫的治安官手舞足蹈地横行在人行道上。一句话忽然引起了他的注意，而且——也许连他自己也没有意识到——这是他一直在等待的一句话，因而令他愈发警醒。等那辆车载着女人和玫瑰花离开后，他追上其中一个表情震惊的士兵——他认出这是自己的一个朋友。

"你怎么在这儿？你知道发生什么事情了吗？"

这个胖男人柔软的脸庞仿佛刚刚被暴雨洗刷过一般。亚历桑德罗赶紧给自己也换上一张表情吃惊的面具。曾经被他深埋心中的猜想逐渐让他心生恐惧。被捕？非法持有武器？他想象着空荡的房间里，床头的电话响个不停。他会受牵连吗？亚历桑德罗几个小时前便已经耗尽了自己逞英雄的想法。整场冒险如今在他眼里只不过是一次愚蠢的冲动。

"……完全疯了……你的姓……圣母啊……（我也没想到……）马切拉·萨尔泰……不，她什么也没说……她不停地开枪，直到……她的证件……从她身上找到的……可怜的朋友，你说这事多离谱！"

这位好心的朋友说起话来滔滔不绝，让亚历桑德罗的情绪暂时无法崩溃成一场噩梦。她真的动手了？他觉得没有必要承认自己羡慕她，反正马切拉也没有机会知道了；而且如果此时承认自己嫉妒她的话，他会搞不懂自己为什么要这么做。在这个普通人身边，他的反应和同样情境下任何人的反应别无二致。

两个人快步走向最近的警察局。房间里的电灯照射出冷白色的光，就像停尸房水龙头里流出的冰水一样。在这个房间里，并排躺着两个人。其中一个小伙子属于某个军事训练团体，被夜幕下随意打出的五枪中的一枪击中，如今他的头歪在一边，脑中的一切都已从伤口流出，只剩下一个空空的脑壳。他的脸被人出于敬意盖上了一件制服披肩，这张略有些孩子气的脸已如大理石般铁青。在他旁边，是一个被击毙的女人，尸体放在方砖地面上，明天的早报会以一种轻蔑的怜悯口吻把她写成一个精神失常的女人。这两个人是不同信仰的受害者，却在死亡中再难分清孰轻孰重。女杀手的黑色长裙被雨水浸湿，粘在她身上，让这位死者看上去如同溺水而亡。从她大张的口中流出了一些血液和唾液，她的面庞却十分完好。一缕湿发弯曲着贴在这位死去的美杜莎的面颊上。她注视的目光空洞盲目，射入虚空，而这虚空便是她全部的未来。

迪达大妈又坐回到门廊下，两边的花篮里还各有半篮的花没卖出去，在这场暴雨的打击下蔫头耷脑。她把头巾又披回头上；好好洗一洗头的话，她本该是一头白发。她把脚放在身下，避开周围的水坑，同时朝着闪电扬了扬拳头。

　　年轻时的迪达大妈如花似玉，变老之后，看上去倒像是一截树干。她如今已经耳背，两只关节粗大的大手如同树枝一般在她身旁伸展，移动缓慢的双脚紧贴地面，仿佛长在了地里。她死去的孩子像十一月的枯叶般在墓地里腐朽，她崇拜的神灵在她眼中倒像是一朵朵大花。小耶稣出生在圣诞日，如同一朵报春花，柔弱而娇艳；复活节时，已经长大成人的耶稣，长满胡须的头上戴着荆棘冠冕，像一朵花一样歪在一边，他就这样死在了那棵名为十字架的树上。这证明了耶稣即上帝，因为没有人能在十二周的时间里活上三十年[1]。另外一个证据是，玛利亚独自孕育和产下了耶稣：谁要是跟老迪达说另外一个男人的母亲也是如此，她肯定不会相信。有的耶稣更富有一些；有的耶稣会识字念书，就比如天坛圣母院的圣婴，穷人遇到不幸时就给他写信。有时，这些耶稣心地善良，愿意倾听你的心声；可是他们又会变成聋子，或者朝你发无名火。就像太阳在你盼着下雨时晒得人发烫，又在你渴望蓝天时躲起来；还有风，一时在，一时又不在，因为整个世界就是一个任性的家伙；还有月亮，随意摆脸色；还有火，说着就着，因为火就是这么个东西；还有国家，总说我们欠它的钱，在战争时期让我们到处杀人。之所以会这样，是因为本该这样，本该由权贵去统治，本该由富人让穷人干活。还有独裁者，本来没有他，是国王任命他来代替国王管理国家。他给国家做了好事，但他对反对他的人却很残酷（贝洛蒂家的儿子就戴上了手铐，怪可怜的），不过他也没错，毕竟他是最强势的人。还有罗马，迪达大妈在这里卖了三十五年花。寻遍世界也找不到比罗马更大、更美的城市，所以

---

1 从圣诞节到复活节大致是十二周。

才有那么多外国人到这里来。在罗马的另一头，远离波齐奥桥的那一头，是大海。迪达从来没见过大海，不过她的儿子纳尼曾经穿越大海前往阿根廷，阿迪利亚的孩子们以前也经常在周日或者节假日乘坐公共汽车去海边。罗马周边的土壤很贫瘠，只有羊吃的草能在那里生长；还有卡车和尘土相伴的公路，这是进步的表现；还有一年比一年多的工厂、旅游景点和有钱人会去的餐厅。那里到处是菜地，花田里密集地种着一排排要卖到罗马去的鲜花；还有在阳光照耀下的温室，迪达的儿子伊拉里奥目前就管着其中的几个。再往远一些，在佛罗伦萨那边，生活着她的女儿阿涅斯和她当马车夫的丈夫。那里有山，冬天能看到雪。无论往哪个方向走，无论走多远，天空下都是同样的土地。这一切离她越近就越明亮，而她，波齐奥桥的迪达大妈，就在这一切的中心。

每当有人问她何时在哪里出生，迪达大妈总会回答说，她很久以前出生在阿尼奥河畔的巴尼亚尼，那时连国王都尚未进驻罗马。她的弟弟妹妹甚多，多到她连他们的名字都记不住；母亲早逝，迪达不得不代替母亲照顾上帝的这群羔羊，幸好天主给羊的同时也给了草；那段日子，葡萄园的收入颇为丰厚。虽然说起来奇怪，可她曾经确实是个漂亮姑娘，衬衣下圆润的乳房如同两只西红柿一般。她嫁给了弗罗托索，他曾是切瓦拉庄园的园丁，后来因为跟庄园的主人发生了口角，离开了那里。他们在波齐奥桥买了一块地，开始大规模种植花卉。弗罗托索比任何人都更懂得如何播种、移栽、剪枝、插穗。后来又有了孩子，好像是八个，也可能是九个，包括那些中途流产和只出生几日便夭折的，不过这些孩子对她来说都是小天使。于是又要养育上帝这群新的羔羊，给他们洗澡，喂他们吃饭，时不时打上一顿，好让他们懂得礼数；等他们到了九岁，离开学校以后，还要教他们如何养活自己。弗罗托索每天黎明坐着他彩色的小车去罗马卖花，到了早上就睡眼惺忪地沿着平坦的粉色大路回来，他的小马能认路。一天，在一个铁路道口，一列直达快车如饿狼般扑向了他和他的小车，盖过了小马脖子上的铃铛声。后来，小马送到了屠户那里，弗罗托索则长眠在墓地，坟上的花圈用黄铜丝编成，这样可以坚持得更久一些，而且和真花效果一样好。

迪达经历过苦日子。后来，她的大儿子在一战中死在了卡波雷托，这些日子在她的记忆中便与第一次世界大战那段艰苦时期混在了一起。尽管孩子们已能驾轻就熟地帮助母亲，她还是雇了一个男人来干粗活。十个月后，她又迎来了一场新的婚礼：这个叫卢卡的男人不算太坏，但是比起鲜花来，他还是更懂女人。孩子们渐渐长大；而随着年龄的增长，迪达变得越来越吝啬，爱意也日渐淡薄。她不愿再养着这个吃白饭的叫花子，他有一次因为过于懒惰，害死了所有的玫瑰花；可她又忌惮他那把锋利的刀，不敢赶走他。最后，她的三个儿子对卢卡一通拳打脚踢，给他打出了离开的念头。迪达哭天喊地地一直把她的卢卡送到路口，后者浑身涂满药膏，嘴上仍然威胁不断；眼泪像沟里的水一样流出来；她咒骂着那几个虐待老母亲的恶人儿子；她连给他买一件新上衣和一顶新帽子作为送别礼物的钱都没有；她都不忍看他离去。他知道她在撒谎，她也知道他没有上当：连续几个夜晚，一家人都保持着警惕，生怕卢卡回来放火或者破坏温室，可他其实只想去别处再找个寡妇当雇主。

迪达大妈又开始对孩子们吝啬起来。这个孩子想要烟草和周日跳舞用的漆皮皮鞋，她不给；那个孩子想要发带、香膏或者丝衣，她也不给。纳尼和父亲一样，被火车咬住了命运：他乘火车到那不勒斯，随后坐船去了布宜诺斯艾利斯。阿涅斯去佛罗伦萨给人当贴身女仆，后来和一个出租马车车夫结了婚。迪达的丈夫是个正派人，但是他们的孩子不怎么样，十年都没有写来过一封信，也没寄过一张汇票。阿迪利亚嫁给了那个叫马里农齐的无赖。伊拉里奥倒是很靠谱：他知道花就是钱。剩下的两个女儿也不怕干苦活；最小的女儿，也就是迪达和卢卡生下的孩子，脑子虽然不灵光，干起活来却是最卖力的一个。两个女孩扮相极丑，脚上是男式皮鞋，身上是褪了色的工作服，皮肤像老太太一样又黄又皱，天不亮就起床扎花束，操劳一整天，夜里又要起来往花床上铺草席，或者看着炉子：迪达大妈完全不用担心哪个小情人会把她们从自己身边拐走。对于伊拉里奥，迪达不建议他娶妻，因为家里人口已经够多了，再说，如今的姑娘都不是做家务的料。他们卖掉了一部分土地，用来买下一栋房子，因为波齐奥桥已经不完全是乡下了：他们在剩下的土地上扩大了温室的面积。伊拉里奥的顾客都是维内托路上的大型花店；自从第二次寡居开始，迪达已经习惯了每天去罗马偷偷摸摸地卖花，如今再也不用受这个累了。

　　但她已习惯了罗马；她喜欢每天搭乘伊拉里奥开的小卡车，在孔蒂王宫门前的大理石阶梯上下车，左边是在一楼开了十年的电影院（对于卖花来说是件好事），右边是交叉路上的帝国咖啡馆，老板娘同意迪达把没卖出去的花束放在走廊尽头的桶里过夜。迪达喜欢喧闹，而这里最不缺的就是喧闹；她喜欢这片街道，感觉在这里自己能和住在王宫二楼的公主平起平坐。公主就住在王宫的二楼，每天早上为了花和她讨价还价。她在这座阶梯上卖了三十年花，见证了很多变化；广场另一头那座巨大的白色纪念碑就是在她眼皮底下建起来的；她经历了一任国王和三任教皇。她喜欢自己的工作：她懂得如何向路人投以恰当的微笑，让他们相信她认出了他们；她学会了辨认外国人，也知道这些人几乎不会让她找钱，因为表达起来过于复杂，而且他们本身都是有钱人；她能看出人们买花是为了探望病人、扫墓、拜访父母（特别是在圣母升天日和圣约翰日[1]）还是送给美女，或者因

---

1 分别在每年的 8 月 15 日和 6 月 24 日。

为看到晴天阴天心情大好而买花，抑或单纯因为爱花而买花。她喜欢那间小酒馆，中午会在那里喝上一杯浓缩咖啡，老板也允许她从报纸里拿出自己气味浓重的食物。她喜欢乘坐最后一班公交回家，司机也很尊重她。到达她那栋百叶窗常年紧闭的房子前，她还要走一段大概五百米的村路。由于担心遇到歹人，她经常走得很急。等进了厨房，图里娅或者玛利亚听到她的召唤，会下楼给她热饭；可以听到她一边在地砖上拖拽椅子，一边低声抱怨这栋牲口才能住的破房子，还诅咒几个懒惰的孩子都患上中风，因为他们没有她勤快。

大家都说她人品不好：她像土地一样态度生硬；像树根一样贪婪，为了寻找给养，在看不见的地方绞杀那些最脆弱的树根；还像洪水一样暴力和阴险。对于一茬又一茬植物来说，她是圣母，是残酷的命运女神帕尔卡，然而这些银莲花、毛茛和玫瑰在她眼中从来只是原材料，是一种诞生于土壤和肥料的东西，人们把这些东西养起来，再割下卖掉，以维持生计。她一直不停地在肉体的欢愉和劳动中剥削她的男人们；他们都是她的工具。她为了这些消失和死去的男人大呼小叫，之后便忘掉了他们，就像一头家畜忘掉死去的同伴和自己生下来就被人拿走的幼崽。至于她剩下的几个孩子，她像训练狗把斑鸠叼回家一样，训练他们上交挣来的钱。她把钱塞到隐蔽的地方，提防着阿迪利亚和她那个无赖丈夫；伊拉里奥出于对母亲的尊重，假装对藏钱的地方一无所知。不过最佳的藏钱地点是她挂在脖子上的那只脏兮兮的袋子，里面是小心翼翼叠好的纸币，就像保存教堂里的圣体[1]一般；这个袋子就是她的圣牌，是她的耶稣，是永远不会让她缺钱花的上帝。为了这笔钱，她的女婿马里农齐早晚有一天会用刀杀了她，卢卡某天晚上会在路上打死她，还有伊拉里奥，曾经有人看到他拿着一条绳子可疑地四处徘徊，他肯定会在某个不择手段的毒妇怂恿下结果了她；迪达幻想杀人犯，就如同老树幻想伐木工。

这天早上，小圣玛丽教堂的契卡神父站在装得满满当当的花篮前面，贪婪地盯着篮子里的玫瑰，想用它们来装饰圣母无玷始胎礼拜堂。他对迪达说道："迪达，你

---

1 祝圣过的面包和葡萄酒。

会不得好死的。"

迪达没有回应他，继续用牙咬断灯芯草丝，用来捆扎鲜花。

"你会下地狱的，"他继续说道，"证据就是你已经身处地狱。你会像所有吝啬鬼一样，在最后的审判中复活时，紧握着拳头；你会终生试图重新张开你的手，却永远也做不到。想想吧，迪达大妈，一辈子的痉挛！你从来没捐过一分钱，好给你家的逝者做场弥撒；你对自己苛刻，对别人恶毒；从没有人看见你给狗扔过哪怕一小块剩面包。行行善吧，迪达，把你的玫瑰花交出来，敬献给圣母吧！"

"巧了！"迪达大妈低声咕哝道，"你那位圣母可比我有钱！"

然而，面对矮小的契卡神父，她却笑逐颜开。神父是本地人，三十年前，就是他给她在小圣玛丽教堂附近找到了这块风水宝地。如果迪达有钱的话，她其实愿意向圣母敬献点什么；可是她总也没钱，过于失望的神父只好走开了。他脚上穿着一双太大的皮鞋，脏兮兮的长袍拖着地，搀扶着他那位脾气暴躁的朋友——盲人管风琴师。这两个人总是滑稽地吵个不停，而且形影不离：小圣玛丽教堂对于盲人来说是一个避难所，而盲人对于契卡神父来说又是一笔财富。不仅如此，他们惺惺相惜，这样的习惯让他们成了一对老兄弟。他们的命运也十分相似：几个好心人教会盲人演奏音乐，因为音乐不需要眼睛；而契卡神父之所以当了神父，是因为几个虔诚之人向他贫穷的家庭伸出援手，给他支付了学费。巧的是，盲人确实有音乐天赋，契卡神父又真心热爱上帝。可是同世间一切的幸福一样，他们的幸福不完美，也不持久：管风琴师冬天不得不忍受教堂里刺骨的寒冷，而无论在哪个季节，著名的圣塞西尔唱经班从未邀请他去演奏；音乐本身也有令他感到空洞和厌倦的时候，连巴赫的曲子都变成了一串复杂的噪音；忽然有一天，这个平庸的乐师乘着一首赋格曲的翅膀上了天堂。契卡神父同自己的主教不和，同自己累赘一般贫穷的家庭也不合，还有他对永远求而不得之物的渴望，这些渴望虽然幼稚，但同荒淫之人的情欲一样强烈：比如一只漂亮的金表，一只新的电蜡烛烛台，或者一辆遍布罗马大街小巷的那种又亮又吵的小汽车。然而，到了夜里，躺在硬床上的这位老教士又会忽然满怀喜悦地醒来，轻声说着"上帝啊……上帝啊……"，仿佛在为某个新的发现而啧啧称奇，这种发现只有他能做到，还不能告诉自己的教徒；不能告诉迪达，她只爱钱；不能告诉罗萨莉亚·迪·克雷多，她不知道上帝不只在西西里岛，而是无处不在；不能告诉特拉帕尼亲王夫人，她现在被儿子的债务弄得焦头烂额。"上帝啊，"他低声说着，"上帝……"他连连叹气，为这种将上帝当作一项特权、一笔财富据为己有的行为感到羞耻；是否与其他人分享这笔财富，这一点并不取决于他，他也不比其他人更配得上这笔财富。于是，就像迪达的钱受到坏人觊觎一般，管风琴师的命运受到耳聋的威胁，而老教士的天堂则被各种顾虑和蹂躏破坏得一塌糊涂。

雷声仍然不止；迪达低着头，被这不知落在何处的雷电搅得心神不宁，仿佛谁都不是无辜的，谁都可能遭雷劈。然而，幸运的是，暴风雨移到了大海那边；罗马的雨已经停了，波齐奥桥的花田也是。只是，由于大雨从下午就开始下个没完，这一天的生意很差。至于那些政治演说，虽然必不可少，但对于卖花来说无甚大用。从晚上九点开始，迪达能看到的只有数千个背影，齐刷刷地朝向广场上的某个位置，某个从她所在的角落看不到的位置。欢呼和掌声像一种巨大而空洞的噪音传到她这里来。随后，倾盆大雨和退落的人潮迫使她不得不躲在咖啡馆的走廊里；当街上恢复往日夜间的样子时，最后一班开往波齐奥桥的公共汽车早已离开了火车站广场。确实，她可以去阿迪利亚在台伯河外的家中过夜，阿迪利亚正怀着第四个孩子；可那边有点远，而且她也不想欠马里农齐那个无赖任何人情。最简单的办法还是留在原地，等待早上伊拉里奥开着小卡车到来；她也可以在孔蒂王宫的庭院里度过后半夜，看门人认识她。

不过，首先，最好还是在帝国咖啡馆关门前，去一趟走廊里的厕所，反正老板娘允许她使用。对于迪达来说，这间厕所是她摊位的主要优势之一。这个地方有着独特的魅力，任何人甫一接近全镜面的厕所门，就能感受到这种魅力。一个老妇人就正在朝着这扇镜门走去；迪达心里很清楚，三十年前，这个老妇人也曾吸引过不少目光；在这个有电灯照明、能遮风挡雨的地方，女人们可以自在地翻起裙子如厕；即便是持续的漏水声也如同一种奢华的噪音。在波齐奥桥可听不到这种噪音，虽然灌溉不缺水，房子里却没有自来水。不过，还是得注意保持厕所的干净整洁，特别是在这种外国人多的地方。

迪达从厕所出来时，咖啡馆老板娘刚巧关上朝向走廊的门。在她光滑的头发下面，是一张苍白的脸：

"今晚太可怕了，迪达！有人在门口朝他开枪……一个客人告诉我……"

"可不，这个季节不该有这样的天气，"迪达答道。以她的认知，凡是有人跟你聊天，几乎聊的总是天气。

"什么？我说的是有人在门口朝他开枪"，老板娘大呼小叫，沉浸在激动和愤怒的情绪中，坚持要分享她的消息。"那个客人看见了子弹留在车窗上的印子……就差一点点……那可是一个女人啊，你想想看！而且据说还很年轻……又是这群愚蠢的无政府主义者、社会主义者、共产主义者搞出来的事情，谁知道呢，反正就是拿了外国人钱的那帮人……政府还是太善良了，迪达大妈。那个女人？肯定死了呀，也是没有办法的事……她还挣扎和纠缠了一阵子……有人说不是子弹，而是榴弹……圣-

让-殉道者广场门口的地上好像还有血呢，一大片血⋯⋯晚安吧，迪达，我今晚怕是睡不着了。"

迪达迈着迟疑的步子，缓慢地回到她的阶梯上坐了一会，背后是关上的门，两侧是她忘记拿去保鲜的花束。她很害怕，害怕极了，甚至不敢起身离开，只是背对着现在已漆黑一片的广场。而且她孤身一人⋯⋯老板娘刚刚离开，甚至没有注意到，时间已晚，迪达早就没车可坐，当然，她脑子里想的和迪达也不是同一件事。多么可怕的夜晚！她心想，这个世界不适合基督教徒，连牲畜都干不出这种事⋯⋯他是经过国王授权统治国家的人，竟然有人朝他开枪。真是罪过⋯⋯这样的世界里，什么也好不了。可怜的弗罗托索死去那年，国王被杀；如今的世道更差了。这个女人⋯⋯

迪达不由自主地心疼了一下。一大片血⋯⋯她得有很大的勇气才能做这种事情。可能是因为他们曾经伤害过她吧⋯⋯

迪达悄悄地为死者画了一个十字，好像在做什么见不得人的事情；反正不费事，而且，将来有一天，要是能有人也给她画个十字，再念上一小段祷文就好了。

167

迪达把身子压得更低了一些，似乎极其不想被人看到。离她不远的地方，只有几步的样子，在空旷的广场的另一侧，只有两两巡逻的普通警察……可不，那摊血应该已经用沙子盖住了。可是，死神曾路过那里，没有带走他，却带走了那个女人，或许还想再带走一个。一旦时候到了，也没辙……今天早上，那个该死的教士为什么说她会紧握着拳头复活？迪达并不知道契卡神父当时是在引述但丁[1]，她缓慢地伸展着关节粗大的手指，这几根手指本来也无法完全伸直。什么意思？她既不吝啬，也不穷。钱这东西本来就该妥善保管，省得在倒霉的时候给别人添麻烦。她确实对待孩子很苛刻，可目的是让这些懒鬼不要养成太多恶习而已，契卡神父不能因此就称她是铁石心肠的人。幸好，他并不知道，昨天她回到家时发现卢卡在厨房里一边喝着她的好酒，一边因高兴和感动轻声哭泣。在图里娅和玛利亚的帮助下，她把他拖到了门口；等到了早上，三个女人把他强行送回了收

---

1 但丁在《神曲·地狱篇》第七首中，描写了贪财者与挥霍者在地狱中所受的折磨："他们曾犯下贪财挥霍的罪行……他们从坟墓中冒出：这边的人是紧握拳头……"（此处译文采用的版本引自译林出版社 2021 年 5 月出版的《神曲》，译者为黄文捷。）

容所，像一群蜜蜂面对一只已经冻得半死的大胡蜂那般对他穷追猛打。如果收留这个无赖，迪达会引起村民的众怒，可谁知道呢？契卡神父也许又会说，把他赶走是一种罪孽。而且她是一个生活简朴、拒绝一切享乐的人，讨厌的神父因此还指责她不自爱。天晴了，甚至还能看到一点月影；低空处依旧有闪电划过，只不过这一次是在波齐奥桥那边。迪达用手摸了摸被长裙盖住的小皮袋，皮袋挂在她的脖子上，形似一头山羊的淋巴。她想到了马里农齐和他的刀子。也许，此时此刻，雷电就会劈中温室，或者一个游手好闲的人悄悄溜进温室里，放一把火，让人以为是雷电引起的火灾。等到最后的审判那一天，上帝会烧光所有野草。

迪达把披巾围在头上，像一只乌龟一样小心地往前走着，并看了看周围的夜色。电影院和咖啡馆都成了一座座漆黑的房子。路面上是一片又一片雨水形成的水洼。距迪达不远的地方，一个看上去贫穷而邋遢的老人沿着墙根慢慢走着，头上的水槽不断往他的披风上滴水，他却无动于衷。孔蒂王宫门口的路灯照亮了他那双大而无神的眼睛，稀疏的胡子，以及变形的帽子下面过长的头发，活脱一个穷困潦倒的上帝。他倒不像是什么危险的人物；不像那些到处偷窃和放火的可恶乞丐；相反，在这样的夜晚，能看到活人是件好事。迪达平时接触的穷人都是不值得帮助的无赖，可这个陌生人和他们不一样。这个乞丐只是看了迪达一眼便要与她擦身而过，对于他来说，一个人的面相会说话。而迪达把这种目光当成了乞讨的眼神，于是选中了这个穷苦人作为她的施舍对象，就好比一个女人更容易委身于一个露水情人，因为这样的痴狂不会有后顾之忧。她在罩衣里翻了翻，拿出一枚十里拉的硬币，这是在电影院门口时一个热恋中的客人匆匆扔给她的，现在她以一种炫耀的姿态把它递给了这个穷人。

"拿着，老头儿。给你的。"

吃惊的老人接过硬币，翻过来看了看，最后放进口袋里。迪达还有那么一瞬间担心她的施舍会被拒绝。他接受了：这是个好兆头。"十里拉，"她咕哝道，"多少也算几个钱呢！"她放下心来，发现雷声已经停止，自认为良心上过得去，也对得起那些看不见的神灵了，于是提起花篮，打算去孔蒂王宫的庭院里打个盹。

卡米耶·毕沙罗:《菜市场》

克莱芒·鲁摘下毡帽，反复擦拭着额头，身上已经被雨水和汗水浸透。一轮皎洁的月亮几乎填满了被大雨洗刷一新的纯色天空。空旷的街道上弥漫着一种甜美的静谧：几处透出微弱光线的缺口，几条黑暗的走廊，仿佛在著名的观景点打开了通往另一个世界的大门；古迹或焕发出青春，或呈现出无法判断年代的破旧；一架钢结构吊车立在墙根下，吊钳里咬着一块石头，看上去就像某种古老的投石器；散落在石板上的柱基和几截柱子令人联想到遗弃在象棋残局上的棋子，表面的无序背后隐藏着一种无法抗拒的秩序，赢家或者输家把它们忘在那里，不再回来。

零点三十分的钟声响起；克莱芒的心脏也响起了发病的警告。他有些喘不上气，便倚在图拉真广场的栏杆上，广场在刚才的搜查行动过后一片混乱。为了一段较早的历史而破坏一段较晚的历史，这样的工程无法引起他的同情。他俯下身，扫视着不远处那片几个世纪前就存在的空间，如同在墓园里看着一块被重新打开的墓地，由此产生的唯一念头就是担心自己掉进去。他用这双老花眼徒劳地寻找着夜猫发光的眼睛和轻盈的跳跃，这些猫不久前还在柱座周围逡巡，争夺着马车夫和英国游客扔掉的食物残渣，如同斗兽场里在人类骸骨上嬉戏的豹子，只不过是缩小的版本。他感到一阵恶心，想起这些猫在场所清理工程开始前就已经被扑杀了。他的不适感又强烈了一些，似乎心绞痛也因猫的痛苦而加重了。据说只有普通老百姓会因这种扑杀行为而感到不安；出于一种迷信的恐惧，他们预测这些小小的野兽有一天要复仇；几周后，罗马市政官的妻子惨死，这样的抵罪才让他们放下心来。克莱芒·鲁和他们的想法一样。无论是唯人才有灵魂这样古老的偏见，还是让现代人自认为逐渐变成大自然新宠的粗浅的傲慢，都永远无法说服克莱芒，人比动物更配得上上帝的关爱。他在罗马历史课上记下的唯一一件事情，不就是几任帝王身上那种野兽的优美气质吗？他对于这些因市政卫生而受到迫害的公猫的兴趣，不比对一大堆死去的恺撒少。

他试着将注意力从压抑的状态转移开——这种状态越来越沉重，甚至达到极限，渐渐变成了痛苦。"不像以前那么美了。废墟太干净，太整齐……毁得太严重，重建得又太夸张……在我那个年代，这些蜿蜒着通向历史的小路总能出其不意地把你带到遗迹面前。他们把这一切都变成了公共汽车通行的宽阔主干道，必要的时候还能走装甲坦克。奥斯曼[1]的巴黎……遗迹的市集场，罗马时代主题的长期展览……往事的赞美者[2]？不，太丑了。而且也让人厌倦……显然，这样的痛苦……"

他停止了思考，像面对危险的动物一样一动不动。圈套在收紧……这次又会发生什么？立刻倒地……保持冷静，试着再次化解危机。药瓶就在左侧口袋里。

他打碎一只小瓶，发出一声脆响。硝酸戊酯的味道在空气中弥漫开来。克莱芒·鲁皱着眉头，专注地吸入

---

1 乔治-欧仁·奥斯曼（Georges-Eugène Haussmann），拿破仑三世时期主持巴黎市区的改建工程。

2 原文为拉丁语。

这种略带酸味的气体，他的胸口也便不再发紧。忽然：

"需要点儿什么吗？"

"卖明信片的？"

克莱芒的注意力从剩下的痛苦中转移出来，他恼怒地朝这位好心的路人转过身来。马西莫惊人的美貌令他措手不及，仿佛看到一张畸形的丑脸一般。

"别怕。我今晚什么也不卖"，年轻人说道，嘴角微微一动，勉强算是微笑。"心脏不舒服吗？"

马西莫搀扶着老人，半强迫地让这个疲惫的高个子坐在一张长椅上。月光，刚刚过去的危险，还有这张在黑暗中朝他俯过去的隽秀面庞，这一切把克莱芒留在了这个野猫如同猎豹的世界里；在这里，半夜在罗马街头得到一个讲法语的人的帮助，也不足为奇。

"我完蛋了"，老人低声说道。

然而作出这样的断言时，他已经不再那么害怕。有人在场，如同效果更好的药剂一般，再一次缓和了他的焦虑：这场发作开始得突然，结束得也突然，只留下一种近乎舒适的疲惫和对再一次发作的隐忧。年轻人靠在考古场地的矮墙上。克莱芒出于本能和习惯，注意到这

176

位伙伴疲惫不堪的脸庞，以及他一边尝试点着打火机一边颤抖的手指。

克莱芒心想：他好像刚做了什么坏事。算了，他能在这里就不错了……

年轻人贪婪地吸着烟。克莱芒·鲁向他伸出手。

"不行……对您的身体不好。"

克莱芒谦卑地回答："确实，不过我已经好一些了……可以说好多了，毕竟，每一次和死神擦肩而过……即便作了准备也没用……厌倦死亡，厌倦自己总也死不掉，厌倦一切……你是理解不了的。你多大了？"

"我二十二岁。"

"跟我想的一样。我已经七十了。"

二十二年啊……不，是十个世纪。一个世纪前，她死去了；五个世纪前，卡洛……他们都死了。消失了。这个女人，我听到她在我枕边呼吸的声音，她的手放在我的手里……而他，他那断断续续的呼吸，他那身灰色套装——我们曾一同把它拿到维也纳的一家织补店里去修补，还有他对德国音乐的热爱……也只是九牛一毛。不可思议。任何解释都……这个刚从心脏病发作中恢复过来的老人并不知道，对我来说，他就如同一片坚实的地面……一个活人……

"离我上一次见到罗马，已经过去快三十年了。它变得如此丑陋，与其他地方无异……哦，我猜，像你这样的年轻人兴许能从中发现一种另类的美，三十年后你也会怀念这种美。对我来说，美已不复存在……我惧怕噪音，我厌恶人群……而今晚，我依旧无法忍受恺撒酒店里的那些会客厅，于是我独自一人步行去……"

"像所有人一样，"马西莫的声音不由自主地颤抖起来，"去听巴尔博广场上的演说。"

"亏你想得出来！去看嘈杂的人群给那个扯着嗓子喊话的人喝彩吗？你不了解我，孩子。不，我是去倾听那些黑暗的小路。那里空无一人……而这正是因为所有人都涌向了一处，就像水桶里倒出的水一样。还有倾泻在建筑外墙上的暴雨……而我就在斗兽场的一个拱门下面，抽着烟，悠然自得，随后又迷失在已经变了样的条条小路之中……可最奇怪的是，并非一切都以相同的速度前行。重新看到那些你不会想起的角落、阳台、门和事物——因为它们不值得想起，但看到它们的那一刻，还是会立刻认出它们，想起它们……当你踏足地上的石板，动作比从前更轻柔一些，你就能更好地感受这些石板之间的不平等，感受它们的磨损。你不会嫌我烦吧？"

"我不嫌您烦，鲁先生。我在想您年轻时的一幅小画，画的是罗马一隅，一幅很有人文气息的遗迹风景画……即便和您日后的作品相比，这仍然是一幅非常美丽的画作。或者说当年就已经非常美丽了。"

马西莫心里想的却是：可怜的老人，一点仰慕之情能让他好受一些。

"你知道我是谁？"

"很简单：我有一天在'现代艺术三年展'上看到了您的自画像。"

……我有这个习惯，他心想。我早已接受了他们的死亡，如今可以谈论绘画了。而且我只是在哄他开心：我是看了报纸上的照片才认出他的。

"好吧，那你就认识了一个可怜人……克莱芒·鲁，这可不是闹着玩的！"一种近乎比利时口音的音调让他说出的每一个句子都像是一段悲伤的副歌。"你是法国人吗？不，俄国人。我听过这种口音。我来自阿兹布鲁克[1]。人总要有个家乡嘛……那幅肖像画确实不错，你很有品位。如今的人已经不画肖像画了，因为人类根本不在乎肖像，也因为画肖像太难了。拿过来一张面孔，拆解它，重建它，再把一系列快照汇成一幅画……你的面孔不行：你太美了，没有必要画肖像。可是像我这样的脸……就是你说的那种很有人文气息的遗迹风景画吧？你很幸运，才二十二岁。"

我很幸运，马西莫内心在默默呼喊，我很幸运……我的运气，它确实很好。成为那个没有死去的人，那个袖手旁观的人，那个没有全情投入的人……那个试着拯救，或者，相反……最后时刻的天使……还有马切拉的眼神，我永远也不会忘记……他们爱我，这难道是我的错吗？在一切发生前，从时间的长河中偷出来的那一个小时……而我最想做的事情，却只是先沉醉于语言之中……为了支持她，为了留住她……好吧。尤其为了掩饰我不愿同这些事情沾边……真正的背叛，不是在维也

---

1 法国北部城市。

纳那次护照事件中面对工作人员的敲诈时妥协，更不是去年秋天被迫去维多尼法院，在满是格子抽屉的办公桌前拜访那个小人物……不：你喜欢违法的勾当……别想否认：不要把事情变成一个悲伤的玩笑。我的名字肯定在他们的名单上……永远脱不了干系，就像染上梅毒或者麻风病一样……丑行得到宽恕后，在它的阴影下再活上四十年……明天，那个小人物还要召见我一次；他们会问我一些问题，而我要再一次违背事实地回答他们。他们没有那么蠢……只有一半蠢……他们会判定我没有能力犯罪，或者判定我是帮凶。而由于我外国人的身份，他们会要求我离开他们美丽的意大利，并且让我拿着我的南森护照[1]去盖章……又是我那该死的运气……一切最终就会被掩饰成一次小住：我前往维也纳，在做古董生意的母亲那里住了一些时日。

"你怎么了？你是在哭吗？"

不，我没哭，他残忍地想着，我连为他们而哭泣的权利都没有。

---

1 1921 年由国际联盟难民事务高级专员南森建议向难民颁发的一种护照。

"今晚有个女人被杀害了，就在演说结束后。不是事故，是谋杀未遂。"

"在哪？"

"离这儿不远。就在圣-让-殉道者广场上。"

"可怜的女人"，克莱芒·鲁心怀尊敬地低声说道。

我不该跟他说这个，马西莫随即心想，他年纪太大了，身体又不太好，承受不了别人的苦难。

但是老人站起身，忽然迫切地想要继续赶路。

好转持续不了太久，他心想，尽量趁这段时间赶回去，离开这个地方……明天再离开罗马。

"需要出租车吗？"

"目前不需要……我想先……何况现在也没有出租车。"

而且这么晚了，打车太贵，他心想，这个男孩有点可疑，但还算热心肠，如果他愿意陪着我……我身上至少还有一瓶药。退一步想，这次也许并不是真的犯了心绞痛。

"您确定自己还能走路吗？"

"还能走几步。这样对我也有好处。而且离得也不算远……要不我们从使徒广场那边走？"

于是他们朝使徒广场走去。

他为自己仍然如此了解罗马而感到自豪，马西莫心想。

过了一会儿，老人停下了脚步。

"那个女人的事，你当时在场吗？"

"不，"马西莫说道，"不。不，"他又大喊，"不！"

"领袖呢？他受伤了吗？"

"毫发无损，"马西莫苦涩地说道，"据说就差一点点。"

"运气真好啊！"克莱芒·鲁羡慕地感慨道，"哦，当然，总有一天会逃不开……这是职业风险。我年轻的时候，布吕昂有一首歌，副歌部分唱的是下流社会里的某个人：**他像一位恺撒一样死去**……是的：像一位恺撒一样死去。这么说倒不是为了贬损他，正相反，必须要有人参与到治国的工作中去，毕竟大部分人在这方面都太软弱了。另外，在我看来，政治这个东西……而且我也不是本地人……只要他别给我们带来战争就行。"

"正是如此，"马西莫感慨道，"我也不是本地人。"

"我给你说说我对你那个政治的看法吧"，老人停下脚步来讲话，随后又沉默下来，小心地穿过了一条空荡的街道。"我有一个朋友，在斯卡拉做乐团指挥，他对我说，当乐团需要人声噪音，比如体现一场暴动，或者有人高声争辩的场景，就会让副台的男低音演唱一个十分浑厚也很动听的词语：RUBARBARA。以卡农[1]的形式。BARBARARU……BARARUBAR……RARUBARBA。你能想象那种效果吧。那么，政治，无论右翼还是左翼，在我看来，孩子，就像是 RUBARBARA。"

马西莫调整了一下步伐，以配合老人拖拉的脚步。他抬头看去，发现他们正走在一条名为"谦卑路"的小路上。"谦卑路"，他在心里重复道。

"克莱芒·鲁先生，"他犹疑着说道，"您经历过1914年的战争。明知身边的战友也许在一个小时后就会不可避免地……那时的人是如何适应这种生活的？就拿这个女人来说吧……她跟我算是在同一个小群体里……是一个朋友的朋友……"

你敢不敢说是一个情人的朋友？他心想。这对我来说不太重要。对他来说呢？会打破他的认知。会与他左翼人士的道德观相悖，引起他的不满。会让他回想起自

---

1 一种复调音乐，一个声部的曲调自始至终追逐着另一声部，直到最后的一个小节、最后的一个和弦，融合在一起，塑造一种神圣的意境。

己年轻时的某段时光吗？即便这对他还有更重要的意义，那也是在一个无法言说的领域了……不说比说出来显得更真诚。

他接着高声说道："一个朋友，我是通过欺骗的手段认识他的……"

也不完全如此。他因无法定义他们的关系而感到绝望。在基茨比厄尔的时候，我就警告过他，甚至建议他永远别回意大利。我只能做到这种程度了。可是从那时起，对他来说，木已成舟。

他继续高声讲述着，与其说是在与老人对话，不如说是在自言自语："一个已经去世的朋友。还有那个女人，我刚才小心翼翼地跟在她身后，离她很远……我是在一间咖啡馆的门口，保持着一个充分尊重她的距离时，才偶然得知……哦，我当时就不太相信刺杀暴君的行动能成功！无所谓了，"他转过头去，试图掩饰泪水，"她死去的那一刻，一定很瞧不起我。"

他在胡说八道些什么啊！老人心想，略微感到不安。

"小伙子，"他说道，"你的故事我完全没听懂。首先，我来问问你，你是打哪来的？是同谋吗？不是？那就好……你有家人吗？没有吧？有住处吗？"

"到明早就没有了。"

"我猜到了……职业呢？"

"卖假护照的"，马西莫说道，并露出一个嘲讽的微笑。

"啊？那么，孩子，你别想赚我的钱了……虽然我口袋里确实没有护照。反正我哪也不想去了……除非你手里有一本能让我安心见上帝的正经护照。"

"别说这种话"，马西莫严肃地说道。

克莱芒·鲁停下脚步，靠在一堵墙上，墙的高处是一段两音步的铭文，劝诫罗马公民居安思危。他心想，这条路，我也许永远也不会再走一次……这样的罗马……四下看一看吧……毕竟它其实很美……那弧度难以察觉的建筑墙面曲线刻画出了空间的轮廓……另外，这样做的效果比因为疲惫总想停下来要好……反正我感觉也好一些了，出乎意料地好。可还是要走走停停。如果出了什么事，这个小伙子至少会去求助，除非……那么明天的快讯就会是：克莱芒·鲁因心脏病突发倒在街头，并遭抢劫，作案者是……不：他不算坏人，只是个不幸之人，或许还有些说谎成性……如果有出租车经过，我最好还是招手上车吧……

如果有出租车经过，还是让他上车比较妥当，马西莫疲惫地想。上一辆已经满员了。

"你提到了 1914 年的战争，"老人一边重新迈开脚步，一边说道，"即便是在当年，我也不算年轻了……我的哥哥就在克拉翁讷被人杀害了。可是那时人人都在说谎，以至于连那些从战场上归来的人也无法确定……不光是战争：生活也……所以，当意大利记者让我讲述自己的回忆时……我的母亲曾经希望我成为一名神甫。你可以想象一下她的样子：一个农妇，冬天的周日会戴着一顶绒帽去教堂……然后是巴黎，还有工作，还有身为一个无法摆脱困境的艺术家日常面临的各种麻烦。然后声誉就来了……没有原因，只是由于风向变了。在此之前，我从不知道世界上有这么多画商，有这么多做油画投机生意的人。交易所、湿足者[1]什么的。还有些人利用

1 19 世纪至 20 世纪上半叶，在巴黎证券交易所外还有一个非官方的证券交易市场。在该市场上交易的证券普遍属于濒临破产的企业，而市场上的交易员则一般是曾经有过辉煌成绩但后来沦落的交易员。这个市场及其交易员便被称为湿足者（Pieds humides）。

我抨击昔日的著名画家，说雷诺阿一文不名，说马奈微不足道……后来，等你的名声到了一定高度，就再也无法引起任何人的兴趣了：克莱芒·鲁，过去时咯。十年后，这些画就会被人扔上阁楼，因为它们已追不上潮流；五十年后，这些画又会被挂进博物馆，包括赝品；两百年后，就会有人说，没有克莱芒·鲁这个人，作者另有其人，或者有好几个名叫鲁的作者；一千年后，就只剩下一幅损毁严重的油画上一块十公分的小碎布，没人知道这是什么东西——伟大的克莱芒·鲁，独一无二的作品，被重新上色、重新修饰、清除污垢、重新装裱，而且，这幅画也可能是赝品……我的声誉啊……我刚才说到哪了？我的回忆。我的妻子，一个极好的女人，世上最好的女人……一位贤妻，也不爱胡思乱想……首先她很漂亮；你能够想象的最洁白的身体：像牛奶一样。当然，你知道她的样子，我画过她。两年的爱情，生了一个孩子，在我 1905 年的作品中他总是穿着白色皱领的衣服。这个孩子如今在卖车。还有一个孩子，已经死掉了……美人老去，日渐消瘦，脾气也越变越差（但总是一副好人样，你明白吧）；我宁可跟搞慈善的女施主上床，也不愿再和她做爱……是啊，我也把她画成过那个样子，穿着灰色的裙子。后来她也死了……物是人非啊……也就习惯了……或者说习惯了那种不习惯的感觉。还有你的同胞，萨宾娜·巴格拉季昂，她认定自己爱上了我，让我住进了她位于法国南部的别墅，后来我们便开始争吵，她用自己那把手枪威胁我……一个年轻、苗条、有趣但不算漂亮的女人……一个像你一样沉湎于不幸的女人。她也确实遭遇了不幸；她在自己的国家被人扔进了一口矿井……后来又发生了什么呢？说到底，我的经历并不算丰富。绘画给我的约束太多了，每天要早起，还要早睡……我没有回忆可言。"

又一辆出租车经过，二人都没有招呼停车，而是沉浸在各自的思维之中。月亮呈现出它在深夜时特有的凶相，在这样的时刻，人们通常不会在外游荡，天空中的一切都截然不同。他们的脚步声在空荡的街道上回响着。

这就是他的人生总结了，马西莫思忖着，这个荣誉满载的老糊涂……当然，他至少还有自己的代表作……你呢？你到了他那个年纪，又会是什么样子呢？哪怕只是十年后……酒店雇员？晚报的通讯记者？还是像这个垂垂老矣的自恋狂一样，忍不住看看橱窗玻璃里的自己是否会碰巧迎来一场奇遇？……或者是一个宗教狂，到处散发宣扬天主降临的传单？别担心了……等一下。接受这种感官上的隔阂吧：她比其他任何女人都离你更近，可是你却无法忍受她头发里那股油腻又辛辣的味道……接受你没有完全相信他们所信的事实吧……接受他们已死的事实吧：有一天你也会死。也接受（必须接受）无耻的侵蚀吧……等一下。先从现在的你做起吧。眼下，你先把这个可怜的高个子老人送回酒店去。他这身世纪初画室学徒的行头，也许是在致敬自己的青年时代？真是个老古板。这些法国人啊……

对于对方是否认真聆听他的倾诉，他不再抱什么希望，因此也就更从容地回到了之前的话题："鲁先生，我这个死去的朋友……卡洛·斯特沃……"

"我知道卡洛·斯特沃是谁"，画家心不在焉地说道。

"我知道您对这件事不太感兴趣，"他的声音有些颤抖，"可是，它其实与您的回忆有些相似。没有人理解……之后很快被遗忘。他们都在谈论卡洛·斯特沃；到了明天，当他们得知他的死讯时，还会更加热烈地谈论他。殊不知……那些不诋毁他的人会说，他是一个伟大的作家，一个被引入政治歧途的天才……围绕那封强迫他写下的可耻的信，人们议论纷纷，可没有人敢直面那些虐待、那些肉体上的痛苦、那种衰竭之感以及将死之时可能产生的怀疑，连我也不敢……不，没人做得到。他信中的措辞又是那样谨慎，没有透露任何重要信息，看上去在祈求宽恕，实则在痛斥政府。真是精妙啊……但是他们同样无法理解的是，一个将死之人竟然愿意表现出妥协的态度，愿意放弃自己之前的信仰，愿意孤零零地死去，甚至没有了信仰的陪伴，孑然一身……卡洛·斯特沃，还有他那不遗余力甚至螳臂当车的勇气……在屈辱中死去的勇气，成为荒唐之人的勇气……把德语讲得那么难听的勇气……他懂得如何理解他人，又无法蔑视他人……他对贝多芬的出色理解：在那些夜晚，我们在位于镜子胡同的房间里用唱片播放他后期几首四重奏……还有卡洛作为一个悲伤之人表现出的快乐……那些经常声称爱他的人无法给予这短暂的快乐，而如果我是唯一一个能够理解、分享和赋予他人这种快乐的人呢？他的书，大家都在议论，却已经无人再去阅读……最终，也只有我才是他的证人……如果他活下来，也许我还能学到一些东西……愿你在天堂安息，"他最后无意中念出了一句古教堂斯拉夫语中的亡者祷词。

"这一切，"克莱芒·鲁说道，"这一切啊……"

走到一条小巷的转弯处，他们面前忽然出现一座小广场，其实充其量只是一座大型喷泉的承水盘。这座大水池的前面是几尊大理石神像；池中的岩洞里要么游走着漩涡和水浪，要么只有平静的小水注；时间、潮湿和磨损渐渐把这些人工雕刻而成的岩洞变成了天然岩洞的模样。巴洛克式的疯狂、神话歌剧的布景，如今已经变成了一个巨大的天然景观，在这座城市的中心维持着岩石和泉水的存在，而这岩石和泉水，比罗马古老，又比罗马年轻。

"天啊！真美，"克莱芒·鲁感叹道，"扶我走下去……有点滑。我想在泉边坐上一会儿。"

马西莫站在他的身旁，心里想着：这清洗之水，饮用之水，时而有形、时而无形的水……拒绝施舍给利帕里岛上一个高烧之人的水……一段几乎被他遗忘的记忆又回到脑海中，同现实混在一起，最终与这座广场、这座喷泉、这个坐在泉边的老人重叠起来。那是一条大河，他曾经与母亲和其他几位同行者在一次危险的旅途中一同顺流而下，以逃离他们的祖国。他仿佛又看到了被春天的涨潮淹没的小岛，在河两岸呼唤彼此的布谷鸟，感觉自己踏上了一场全新而无尽的冒险之旅，内心的喜悦与大人们的不安和疲惫形成了鲜明的对比。晚上，他们就睡在废弃的农场里，小心翼翼地躺在地面的稻草上。不时有一队骑兵经过，他们唱着歌，或者随意地朝着反射出月光的玻璃窗不停开枪，以此取乐。

流弹……他思忖着，为什么我会想起这些流弹？

老人说道："这么说吧，我不希望你觉得……世上还是有很美好的东西的，它们让我们想……就拿这座喷泉来说吧，我想在离开前再看到它一次，然而在这些小巷里，你永远不确定能再次看到任何东西……那些美好得让你无法相信它们真实存在的东西。那些残迹啊、碎片啊……灰突突的巴黎、金碧辉煌的罗马……比如我们经过的那根圆柱，你刚才看见过的，就是像日晷一样的那根；还有角斗场，那地方不错吧？就像一块反复回锅的馅饼，外面是一块巨大的石头面包壳，里面满是角斗士……还有喷泉的水柱，一条条都像是活的方尖碑一样……而且到处都是咖啡馆或者大教堂……还有绝美的脸庞，就比如你……还有身体……"

他低下头，掬起一捧水，看着水一点点顺着他粗大的手指流下去，继续说道：

"女人的身体……不一定是那种收费高昂的绘画裸体模特……也不是妓女那种索然无味的裸体，或者舞台上那种脂粉厚得看不出本来肤色的裸体……还有我那个时代的女人，上身几乎遍布紧身胸衣的勒痕；如今的女人穿着她们所谓的紧身裙时，照样如此，腰间还有一圈看上去像鸡肉一般的赘肉。而且几乎看不到完美又纯洁的脚……可时不时地……衣服下面若隐若现的肉体如同这个残酷世界里一个温柔的秘密……衣料下面的身体……身体里面的灵魂……身体的灵魂……很久以前，在西西里岛的一片海滩上，一处荒无人烟的角落，一个浑身赤裸的小女孩，大概十二三岁的样子……在清晨斜斜掠过的日光下……她看到我后便脱掉了衬衫，她很享受这个样子吧，我猜。清纯，又不是真的清纯……你能想象吧，小小的维纳斯从波浪中走出……小腿的颜色比其他部分更白一些，因为你看到的小腿在水面之下……哦，你可别多想：她太年轻，也太美丽了……不过我本来也可以……我也没有把她画下来，毕竟，凭借记忆画出的裸体……但我还是让她出现在我的很多作品里，也是为了展现光线在身体上的变化吧。这些东西在你将死之时对你有帮助。"

他用笨拙的双手拉了拉披风的领子，好像忽然感到一股冷意：

"我想……我想我是感冒了"，他结巴着说。

"您得回家去了，克莱芒·鲁先生。已经凌晨一点多了。"

"是啊，"他说道，"我明白……先生们，我们关门啦……我这就回去，但不是马上……别嫌烦。我必须先完成伯恩海姆男爵夫人的画像……我要回法国……萨尔泰医生……"

马西莫浑身一震。克莱芒虽然察觉到了，却没有多想，而是忧心忡忡地继续说下去："他说在这个季节，这个国家对我没有任何好处。第一波热浪……希望服务员能把我的箱子捆好。十点一刻的火车。不过，首先……"

他哆嗦着握住马西莫的手指，语气忽然神秘起来："当你刚开始了解、刚有些眉目时就要离开，总会十分不舍……你还会继续画下去，为这个形形色色的世界添彩……尽管你已疲惫不堪。我曾经也身强体壮，壮得像农场的工人一样……即便是到了这个年纪，身体不错的那些日子里，我还会觉得自己能永远活下去……只是，一旦犯了病，我身体里就仿佛有个人在认输。向死亡认输……"

他的絮叨越来越像醉话。他从兜里掏出一枚十里拉的硬币，在手心里把硬币翻了个面。

"我刚才说过，下大雨的时候，我在一座拱门下避雨，但浑身还是湿透了……一个好心的老太太应该是把我当成了乞丐，把这个给了我……好笑吧？哦，别误会：她没有喝醉酒……也许她只是把钱还给了我。"

醉的人明明是他吧，沉醉在疲惫里，马西莫厌恶地心想。真是个可笑的家伙，可悲的夜间守灵人。

画家继续他那老人式的絮叨："那些离开的人，据说如果他们往水里扔一枚硬币，就还会回来……是的。不过，我要在这座城市里做的事情，是不会吸引我再回到这里的。我更想看看别的，看看真正的新事物，用一双新眼睛，一双清洗过的眼睛，一双纯净的眼睛去看……可到底要看些什么呢？有谁真的见过永恒之城[1]？孩子，生活也许在复活节后才真正开始。"

"好啦，克莱芒·鲁先生，您到底走不走？"

"走"，老人答道。

他笨拙地扔出硬币，后者掉进了离他不远的一个石洞里。

"您还不如把硬币给我呢"，马西莫忍不住说道。

"你想要我的钱？"

"我想送您回去"，年轻人坚定地说道。

该了结这事了，他绝望地想着，可我不能把他扔在喷泉边不管。

这一次，克莱芒紧紧抓住这位同伴的胳膊，站起身来。马西莫扶着他。忽然，老人惊恐地看向他，含糊不清地说："我感觉不太好……等一下。"

"我给您叫一辆出租车，"马西莫意识到不妙，让老

---

1 罗马的别称。

人重新坐回到喷泉边上。"圆柱广场离这儿不远。"

"别把我一个人丢在这儿"，老人抗议道。

然而他此时已孤身一人。为疼痛所累，他只能坐着不动，这疼痛似乎开始分支、蔓延，最终遍布近一半的左臂。克莱芒控制住自己的恐惧心理，环顾着空荡荡的广场。除了一位正在车道上紧急修补一处漏水的工人外，一个人也没有。克莱芒·鲁熟识的那家喷泉对面的小旅馆此刻已经关闭，门窗都是黑漆漆的。他也知道，别说再次穿过罗马城了，他连走去这家小旅馆都做不到。他徒劳地尝试打出嗝来，好让自己舒服一些。刚刚还美轮美奂的水与石现在只不过是一堆无法向他伸出援手的冰冷之物，悦耳的水流声也只不过是噪音，如果他还有力气喊救命，这噪音也只会阻止别人听见他的呼救。

接着，那种被钳住的感觉稍稍舒缓了一些。死亡延缓的消息再一次神秘地从他的身体里发出。或许今晚还不到时候，他心想。他认命地低着头，等待着刚才的痛苦消退下去，或者卷土重来，将他击垮。

他等待的时间并不长。片刻后，一辆汽车几乎悄无声息地贴着人行道向他驶来。马西莫就坐在司机旁边。他跳下车，扶起老人，几乎是扛着他上了车。

"恺撒酒店，对吧?"

克莱芒·鲁表示肯定。

"去恺撒酒店"，马西莫对司机说道。

为了躲过税务部门的维修现场，车子先是倒行了一段，然后开上了印刷厂路。片刻后，车灯的灯光打在依旧站在路边的年轻人脸上，映照出似乎并没有那么纯洁的面容，白得可疑的衬衣，以及满是褶皱的外套。忽然，克莱芒·鲁感到一阵不安，但并不是之前那种神秘的不安。他摸了摸钱包：还在原位。他又立刻焦虑起来，仿佛面对着某种没有得到解释的东西。他嘟囔着："我应该问问他叫什么名字。"

他敲了敲车窗，想让司机掉头回去。司机并没有听到。从车窗里已经无法再看到那张白净的面孔了。筋疲力尽的克莱芒·鲁已经离开了罗马，他重新缩回到座位里，闭上眼睛，然而内心却倍感欣慰：陌生人把他交给司机照顾，而司机则会把他交到酒店看门人的手里。他又回到了这令人感到安心的日常现实之中。

乔瓦尼·安东尼奥·卡纳尔:《罗马纳沃纳广场的景色》

夜降临在平原上，降临在山丘上，降临在罗马城里，降临在岛上，降临在海上。夜如同洪水一般淹没了半个世界。夜也降临在渡轮二等舱的甲板上，保罗·法里纳就在这艘从巴勒莫出发的渡轮上，他任由皮包滑落下去，鼾声同西西里海浪的低吟混为一体。罗马城被夜晚所迷醉，如同来到了勒特河畔[1]。恺撒沉沉睡去，忘记了自己恺撒的身份。醒来时，他又回到了身份和荣耀的皮囊之中，看了看表，想到自己在前夜那场事故中展现出了国家元首应有的冷静便狂喜不已。阿尔代蒂，姓阿尔代蒂……他一边想，一边反复嘟囔着这个几小时前刚得知如何拼写的名字。老贾科莫的女儿……他又看到了远方切塞纳公寓的厨房，一场关于马克思和恩格斯成就比较

---

1 希腊神话中的五条冥河之一，也称忘川或遗忘之河。

的讨论，阿尔代蒂母亲曾工作过的那间咖啡馆，在那个年代，咖啡对于他来说仍然是稀罕东西。我已经按照自己的计划给了这些人最好的安排，他心想，这些饶舌的家伙永远也不懂得如何治理一国民众。他在枕头上转了个头，内心平静，认定自己会获得守法公民的赞赏。

朱里奥·罗维西没有睡去；他躺在长枕上盘算着账目，朱塞帕和瓦娜的窃窃私语令他心烦意乱：两个女人正在隔板的另一侧激烈而喋喋不休地讨论着卡洛立刻回来的可能性，那时的他应该已经平静下来，可以像所有人那样思考，与公序良俗和元首达成和解。两个女人一直没有开灯，怕吵醒孩子，然而孩子并没有睡着。小姑娘猜测着两个大人因何如此激动，又为自己被她们排除在外而恼怒，便要柠檬水喝，想把大人的注意力吸引到自己身上来。亚历桑德罗也没有睡去。他被扣在执政党值班室，面色惨白，疲惫得不成人形，但依旧十分冷静地向一位高层讲述他对妻子最近几个月可疑行径的了解——几乎不了解。一个热心的夜间看守给这两位先生端来了几杯水。

鲁杰罗老爷在他的疯人院里沉沉睡去，他的梦与那些神智正常的人并无二致。丽娜·齐亚里与她的癌症相伴入眠；她梦见了马西莫，后者却没有梦到她。逝者也已长眠，却无人知晓他们的梦境。在恺撒酒店的一个房间里，克莱芒·鲁在长久的漫步之后终于休息下来，在敞开的行李箱、乱扔的鞋子、挂在椅子扶手上的法兰绒衬衣组成的这幅静物图之中，摊开了四肢。他已经好些了，如饕餮般贪婪地享受着睡眠；他这副疏于保养的衰老身体如今只是一摊长着灰色毛发的灰肉。隔壁房间里，一盏夜灯如同一只从半开的窗子飞进来的巨大萤火虫，柔和的灯光打在一个沉睡的女人身上；一夜奢华铺满了这个房间：安吉奥拉终于睡在了安吉奥拉·菲戴斯的床上。她卸妆后的脸庞同她赤裸的胸脯和手臂一样纯洁，表情平静，脸上的发丝不时飘动。浴室里，亚历桑德罗送给她的玫瑰花就倒在水槽里的一摊水边。身无分文的琼斯小姐迟迟不愿在电影结束前离开世界电影院，因而错过了火车；她在火车站附近租了一个肮脏不堪的小房间，在里面辗转难眠。在孔蒂王宫的院子里，迪达像一只母鸡一样，在两只花篮之间昏昏欲睡；她的两个女儿，图里娅和玛利亚，盖着破旧却干净的被子，背靠着背，趁着去田里和温室干活前的这段时间，抓紧补充睡眠；伊拉里奥不甚担忧地思考着母亲此时身在何处。

　　大约凌晨两点，在火车站附近一间正要关门的酒吧里，马西莫吃了一个三明治，喝了一杯咖啡。回到他在托伦蒂诺-圣尼古拉路租住的房间后，他没有把衣服全脱掉就横躺在床上睡去了，像一尊会呼吸又有体温的年轻神祇的雕像。随后他又忽然醒来，徘徊在半梦半醒之间，忽而把手臂搭在脸上，仿佛受到了一段记忆的侵袭。他站起身，用脚后跟把原本拽到房间正中的行李箱踢回了床下，毕竟他不能让人看出逃跑的迹象，只是他早已有了离开的念头。站在半开的衣橱前面，他不禁想到，幸好在离开罗马前让杜埃蒂给他做好了一身西装。然而，这个念头如同一场下流的幻想一般让他感到羞愧。他走向了装饰壁炉，壁炉的台面上放着他的书。一本舍斯托夫，一本别尔嘉耶夫，一本克尔凯郭尔的德译本，一本阿波利奈尔的《酒精集》，一本里尔克的《时间之书》，还有两本卡洛·斯特沃的著作。这些都带不走，他心想。随后，他又改了主意，掂了掂朋友斯特沃的两本书，选了薄一些的那一本，塞进了出发时要带走的物品里面。

困意袭来，他坐在桌子前面，双手托着头，再一次沉沉入睡。

在罗马的博物馆里，夜色填满了一座座陈列着大师之作的展厅：《沉睡的复仇女神》《赫马佛洛狄忒斯》《海中升起的维纳斯》和《垂死的角斗士》，这些大理石雕像遵循着石头的平衡、重量、密度、膨胀和收缩法则，它们永远也不会知道，死去千年的工匠塑造它们时，依照的是另一界生物的形象。古代遗迹与夜色融为一体，它们是受到特殊保护的历史残片，安然栖于栏杆后面，回转门旁监督员的椅子上却不见人影。现代艺术三年展上的油画只是一张张镶了框的长方形画布，上面不均匀地涂抹着一层颜色——此时只有一片漆黑。卡比托利欧山坡上的母狼[1]躲在金属栏杆围成的巢穴里，对着夜色嚎叫；它虽受人保护，却不愿人靠近，也不知自己其实是某种象征，只随着山丘脚下不时来往的卡车的震动而微微发抖。屠宰场旁边的牲畜棚里，是明日即将以罗马人

---

[1] 指卡比托利欧博物馆里的母狼雕塑。

的餐桌和下水道为归宿的牲畜；此时此刻，它们咀嚼着草料，带着睡意，温暖的鼻尖轻倚着同伴的颈部。医院里，受失眠困扰的病人此时正焦急地等待着夜班护士的下一轮巡视。妓院里的姑娘们则商量着不久后就能去睡觉了。报纸印刷厂里，轮转印刷机不停工作着，为早上的读者们印制前夜发生的事件经过润色后的版本；真真假假的新闻噼里啪啦地从电话听筒里蹦出；反光的铁轨在夜色中映照出旅人的神色。

街边黑漆漆的房子里，楼上楼下沉睡的住户仿佛地下墓穴中侧躺的尸体般层层叠起；一对对夫妻沉睡着，湿热的身体中孕育着未来的生命——有反抗者，有屈从者，有暴力的人，有狡猾的人，有圣者，有蠢货，也有殉难者。这样一个充满活力和气息的植物之夜，在苹丘上或者波各赛别墅花园里的松树间摇摆着、颤动着；这些地方只有几座巨大的贵族花园的遗迹，被各个城市肆虐的投机活动破坏殆尽。喷泉的歌声在这宁静的夜色中越来越纯净，也越来越尖利；在特雷维广场上，一道黑色的波纹从尼普顿石像的脚下划过。水务工人奥莱斯特·马里农齐修好了漏水的地方，快速走向喷泉水池的栏杆，两只手伸进一处石洞里，随便划了两下，取出了傻瓜游客扔进水里的几枚硬币。

他有些失望；这次收成十分微薄，面值最大的一枚硬币也才十里拉；他不得不相信，要么是外国游客的数量下降了，要么是他们都变穷了。他的脑中闪过了把工友们叫回来喝一杯的念头，但他的收获实在不允许他表现得如此大方；他们已经走远了，况且让太多人知道喷泉的秘密也不是什么好事。手里这点钱最多只够买一条参加洗礼的领带，或者一两瓶阿斯蒂起泡酒，在庆祝产妇平安的家庭聚会上喝。不过前提是一切顺利：奥莱斯特·马里农齐在心里默念着什么，似乎是在向掌管分娩的神祇祈祷。说实话，无论阿迪利亚还是他，都不需要这第四个孩子，可孩子已经来了，还能怎么办？大约八点钟的时候，他们位于台伯河外那间上下层的两居室，水盆，邻居们重新加热过的肉汤和咖啡，圣母像前祝圣过的蜡烛，激动又喋喋不休的女人们，以及大汗淋漓、披头散发、面色苍白的阿迪利亚，这一切都被抛在身后了。在这种时候，一个男人通常是不太想回家的。

他对浸湿的裤脚置之不理，迈着熟客的坚定步伐走向火车站旁边的一间小酒馆。只要是酒馆老板的朋友，都可以在那里不受打扰地喝上一整晚，而不用担心酒馆歇业。其实他并不是一个糟糕的丈夫：让女人们自己解决问题是更合理的做法。穿过为即将到来的夏天准备的珠帘以及后面的店门后，奥莱斯特略感不快，因为他发现今晚在柜台后面打盹儿的并不是正直的老店主，而是他那总没事找茬的侄子。店里有些空荡，只有一群他不认识的铁路工，还有两个穿着短裤、把背包放在两腿之间的德国人。奥莱斯特不喜欢被外国人傲慢地注视，于是背对着他们坐下。他点了一瓶真扎诺葡萄酒，准备以行家的身份细细品尝。

这款葡萄酒并不算上等，但还说得过去。第一瓶让他来了信心：阿迪利亚的分娩一定很顺利，因为今晚是满月。而他，奥莱斯特，对那些关于女人的迷信原本并不买账，不过在这种时候想起这些迷信也没什么不好。照那个算命人的说法，第四个孩子应该和前三个一样，是男孩；养男孩比养女孩更容易一些；男孩可以报效祖国，将来有一天还可能成为体育类报纸上的明星。他看了看周围：墙上有一张独裁者的照片，用三枚图钉固定住；还有一张海报，上面是一个阿马尔菲的漂亮姑娘，正在往围裙里捡着橘子。奥莱斯特举杯祝福国家元首：年轻时，他曾定期向一个社会主义党派缴纳党费——这笔钱本可以用来喝酒的。现在，作为一家之主，奥莱斯特·马里农齐忠诚于代表国家秩序的党派：他懂得如何恰到好处地向一个真正的伟人表达敬意，这位伟人讲话底气十足，对外强硬，多亏了他，国家才能在即将到来的战争中受到重视。孩子对于一个伟大的民族来说是必不可少的。

第二瓶比第一瓶更好一些。他与阿迪利亚的房间之间的距离忽然拉远了一倍，此刻的阿迪利亚正在邻居们的忙活之中叫得撕心裂肺。阿迪利亚确实是美女，无论是和同类型的女人比，还是和捡橘子的少女比，都算是漂亮的，然而漂亮姑娘并不稀缺。说来也巧，一个金发美女正好提着行李走了进来；她背对着墙，在门边的一把椅子上坐下来，看上去似乎有些害怕独自一人待在这种地方。珠帘和她浅色的头发缠在了一起；她轻呼一声，把头发和珠帘择开。奥莱斯特殷勤地站起身，想去帮她。

受惊的琼斯小姐赶忙把目光从这个醉酒的男人身上挪开。由于没有加钱买快车票，她的经济型列车要等到清晨才发车。隔壁房间的噪音让她不得安宁，所以她起得有些过早；候车室本来应该是一个避难所，然而夜色已深，她不太敢带着行李重新穿过马路去。

琼斯小姐无怨无悔地离开了这个令英国诗人和小说家趋之若鹜，从而也让她欣然前往的国家。在西西里岛上，懒散的女佣、不合胃口的饮食、不出水的龙头、灵巧的猎人在杰马拉庄园花儿盛开的扁桃树下用步枪射杀惊恐的小鸟，她与这一切苦苦斗争着。在罗马，她曾焦急地等待一张支票，曾在大道上一家商店里被一个不体面的女人羞辱，曾受到男人满怀爱意的劝诱——在这位娇小柔弱的美女看来，这种劝诱既是侮辱，也是危险——这一切都破坏了罗马在她心目中的印象。她曾希望昔日好友格拉迪斯能再次同意她睡在其伦敦公寓里的沙发床上，并且帮她重新找一份秘书的工作。她渴望早上的吐司，晚上的茶，廉价的流行轻歌剧门票，格拉迪斯的情感秘密，还有格拉迪斯那象征着友情和甜蜜爱意的安抚。琼斯小姐每隔五分钟就要看一次手表，她向往着伦敦灰色的天空，而几个月后，她又将苦涩地怀念罗马的蓝天。

奥莱斯特又坐了回去，这样也更稳妥一些。那位英国美女并没有他想象得那般年轻。反正她也算不上真正的女人，他咕哝着。阿迪利亚重新拥有了她的价值：虽然她家那位老太太十分吝啬，在他们想要买带镜衣柜或者从当铺赎回餐具的时候从没掏过一分钱，可这毕竟不是阿迪利亚的错。他本以为娶了有钱人家的女儿，可那个阴险的伊拉里奥会继承所有财产；迪达也肯定连买孝衣的钱都不会给阿迪利亚留下。一丝悲凉便从第二瓶酒中散发了出来。他们低估了他的价值：他有一天在喝酒的时候无意中说过，他很乐意割开丈母娘的喉咙，从此他们就把他当成杀人犯对待。可他啊，奥莱斯特·马里农齐，他连牛都不忍心宰杀。那个阴险的伊拉里奥却借题发挥，在他去波齐奥桥拜访的时候，连一杯酒也不请他喝就把他打发走了。他便起劲儿地想象自己掐死了老太太，还编造出很多细节来，反复体味在她眼皮底下夺走那只小皮袋的快感，皮袋里藏着本该属于阿迪利亚和孩子们的财产。然而这些"正义"之举的归宿必然是监狱，因为法官们无法理解杀人者先受到了被杀者怎样的虐待。他只能叹息一声，把这一幕放回自己的白日梦乡之中。除此之外，他还有一个幻想，那便是跟从不给他涨薪的水务部门主管顶嘴，反驳责备他是醉鬼的阿迪利亚，唾骂他家附近那个和阿迪利亚走得太近的屠户。为了安慰这个所有人都不够尊重的奥莱斯特，他又点了朗姆酒和第三瓶葡萄酒。

立刻，他的醉酒节奏发生了急速的变化。他不再只是为了喝酒而喝酒，而是为了达到某种高潮时刻，就像与一个女人在一起时，为了达到一种升华的状态，在这种状态下，奥莱斯特·马里农齐其人不再重要。一种只有他自己感知到的光辉如同一袭红袍披在了他身上；一串串野葡萄与他的发绺纠缠在一起。第一口酒喝下去，他成为迪达大妈全部遗产的受赠人和波齐奥桥的主人；他和阿迪利亚以及四个孩子一起迁入了这栋乡下的新居；图里娅、玛利亚以及那个阴险的伊拉里奥忽然集体消失，似乎被一个神意之举从世界彻底抹去；奥莱斯特·马里

214

农齐在三条腿的椅子上勉强保持着平衡，在葡萄棚架下静静享受着醉酒的飘飘然。就算罗马所有的水管都漏了水，他也不会再起身处理。他像一个有钱人那样幸福，而且变成了善人：伊拉里奥和他那几个混蛋妹妹有权利住在花园深处的那间小窝棚里。他希望那几个铁路工幸福，希望那两个德国人幸福，也希望那个英国女人幸福——她其实也没那么糟糕；酒吧老板的侄子此时正打算把他赶出去，然而在马里农齐眼里，他忽然变成了一个朋友，一个真正的朋友，比亲兄弟还值得信赖。第三口酒让他变得强大起来；他觉得自己必须站起身，发表一通长篇大论，就像前一晚听到的那种；奥莱斯特·马里农齐，他把人民的工资翻了一番，降低了生活的成本，打赢了一场战争，就此获得了显要的职位。接着，他又坐了回去，开心得像一个国王，更像一个独裁者。

喝下第四口酒后，他的脑海中冒出了平时不常有的念头；他思考着；他看了看日历，上面是某个开胃酒品牌的功效宣传；他开始思考月、日和年分别意味着什么；这个季节刚刚开始出现的几只苍蝇挂在粘蝇纸上，微弱地挣扎着，想要在死掉之前挣脱下来，这让他觉得很好笑；他为自己上学时掌握的知识沾沾自喜，自言自语道：大致来说，人类本来就是头朝下地行走在这个转动着的大球上。确切地说，一切都在转动着；墙壁仿佛被一场庄重的华尔兹舞填满：给苦酒打广告的日历，摘橘子的海报，国家元首的肖像；还有他自己的手，此时正徒劳地想要扶稳桌上的瓶子。又喝了一口，他便闭上了眼睛，仿佛黑夜无论如何也比这场小饭馆里的舞蹈演出好看；他的椅背失去了靠墙的支点；他摔倒在地，却毫无察觉，幸福得如同一个死人。

Marguerite Yourcenar

[法] 玛格丽特·尤瑟纳尔 (1903—1987)

出生于比利时布鲁塞尔，1987年在美国缅因州荒山岛辞世。1980年入选法兰西学院，成为该机构350年历史上第一位女性"不朽者"。

尤瑟纳尔深受自古希腊罗马以来的欧洲人文主义传统浸润，同时从早年起即对东方哲学和文学怀有浓厚兴趣。她的作品以渊博的学识、广阔的视野和深邃的哲思见长，包括诗歌、戏剧、随笔等，尤以小说著称。主要作品有小说《哈德良回忆录》《苦炼》《默默无闻的人》等，回忆录《世界迷宫》三部曲也享有盛誉。

尤瑟纳尔的语言优美洗练，深具古典韵味。

赵飒

法语副译审。北京大学法语系毕业，法国巴黎第八大学比较文学专业硕士。译作涉及范围较广，包括文学、哲学、历史学、心理学、社会学、图像小说、童书等等，其中《西方的妄想》一书曾入围2017年第九届傅雷翻译出版奖。

图书在版编目(CIP)数据

梦中银币/(法)玛格丽特·尤瑟纳尔著;
赵飒译.—上海:上海三联书店,2024.2
ISBN 978-7-5426-8211-6

Ⅰ.①梦… Ⅱ.①玛… ②赵… Ⅲ.①长篇小说-法
国-现代 Ⅳ.①I565.45

中国国家版本馆 CIP 数据核字(2023)第 161777 号

上海市著作登记 图字:09-2023-763 号

梦中银币

著　者 / [法]玛格丽特·尤瑟纳尔
译　者 / 赵　飒

责任编辑 / 李巧媚
特约编辑 / 陈思多
装帧设计 / ONE→ONE Studio
监　制 / 姚　军
责任校对 / 王凌霄

出版发行 / 上海三所書店
　　　　　 (200030)中国上海市漕溪北路 331 号 A 座 6 楼
邮　箱 / sdxsanlian@sina.com
邮购电话 / 021-22895540
印　刷 / 上海颛辉印刷厂有限公司

版　次 / 2024 年 2 月第 1 版
印　次 / 2024 年 2 月第 1 次印刷
开　本 / 787 mm×1092 mm　1/32
字　数 / 110 千字
印　张 / 7.25
书　号 / ISBN 978-7-5426-8211-6/I·1827
定　价 / 48.00 元

敬启读者,如发现本书有印装质量问题,请与印刷厂联系 021-56152633